Désintégration

Ahmed Djouder

Désintégration

Stock

© Éditions Stock, 2006

« *Je répète qu'il y a pour les races supérieures un droit, parce qu'il y a un devoir pour elles. Elles ont le devoir de civiliser les races inférieures.* »

Jules Ferry, discours devant la Chambre
des députés, 29 juillet 1885.

« *La conquête que vous préconisez, c'est l'abus pur et simple de la force que donne la civilisation scientifique sur les civilisations rudimentaires pour s'approprier l'homme, le torturer, en extraire toute la force qui est en lui au profit du prétendu civilisateur. Ce n'est pas le droit, c'en est la négation. Parler à ce propos de civilisation, c'est joindre à la violence l'hypocrisie.* »

Georges Clemenceau, discours devant
la Chambre des députés, 30 juillet 1885.

À mes parents.

Nos parents ne joueront jamais au tennis, au badminton, au golf. Ils n'iront jamais au ski. Ils ne mangeront jamais dans un restaurant gastronomique. Ils n'achèteront jamais un bureau Louis-Philippe, une bergère Louis XV, des assiettes Guy Degrenne, des verres Baccarat, ni même un store Habitat. Ils n'assisteront jamais à un concert de musique classique. Ils ne posséderont jamais de leur vie un appartement ou une jolie propriété quelque part en France où finir leurs jours tranquillement. Non, ils ont préféré investir dans des maisons au bled, en ciment, au prix de plusieurs décennies de sacrifices, qui ressemblent vaguement à des cubes et qu'ils appellent des villas.

Nos parents ne goûteront jamais au champagne, au caviar, aux truffes. Ils font leurs courses chez Aldi et chez Lidl et y achètent du thon à l'eau, des patates, des salades mexicaines en boîte, des haricots, des flageolets, de la semoule, du riz, des pâtes, des boissons gazeuses, des imitations de Coca-Cola et d'Orangina. Toujours les produits les moins chers, les plus sucrés, les plus salés. Ils ne dormiront jamais dans des draps de luxe. Ils ne passeront jamais un week-end à Londres, à Vienne ou à Milan. Néanmoins, s'ils vivent en province, ils pourront faire un voyage à Paris, en autocar, organisé par leur mairie pour aller chez Tati, visiter Barbès avant d'aller voir la tour Eiffel.

Ils n'iront jamais à Megève, Ramatuelle, Honfleur ou sur l'île de Ré ; jamais ils ne fouleront le sol des plages de Bretagne ou de Normandie en se disant : « Cette petite brise est un délice. » La géographie est lettre morte pour eux. Ils ne savent rien de vos régions. Les belles régions de France, ils ne les visitent pas, ils ne font qu'y passer. Quand ils doivent se faire immatriculer au consulat, parfois situé dans un autre département. Exceptionnellement ils rendent visite à des amis, à quelques heures de la maison, pour éviter de payer le train. Du coup, ils jettent un œil aux verts pâturages depuis les autoroutes et les nationales. Ça arrive une fois tous les dix ans. Quand ils vont en Algérie en passant par l'Espagne et le Maroc, les panneaux routiers leur décrivent très précisément les spécialités des régions. Visiter la magnifique abbaye du joli village perché sur la montagne, cela ne leur effleure même pas l'esprit. Et puis, ils n'ont pas le temps, ils ont trois jours de route à se taper.

Ni nos parents, ni nous ne sommes jamais allés à l'opéra car le peu que nous en avons aperçu à la télévision suffit à nous faire penser que le spectacle sera une torture pour nos yeux et nos oreilles. De très rares spécimens issus de nos cités peuvent aimer l'opéra. Ces cas relèvent du miracle car aimer l'opéra ou la musique classique quand votre oreille a été bercée par les hurlements de vos frères et sœurs, c'est comme voir pousser une fleur sur un ballon de football.

De toute leur vie, ni nos pères, ni nos mères ne sont jamais allés au théâtre. On peut affirmer à mille pour cent que nos pères ne sont jamais entrés dans un musée, sauf peut-être les musées des mines de leurs régions, visites probablement organisées par le CE de leurs usines.

Nous vivons dans des places réduites, des chambres d'hôtel, des studettes, dans des

HLM, des maisons ouvrières et, plus rarement, dans des pavillons au cœur des ZUP, zones d'urbanisation prioritaire, ZUS, zones urbaines sensibles, ZEP, zone d'éducation prioritaire, à Marseille, à Douai, à Thionville ou à Mulhouse, dans des régions riches en mines et en usines sidérurgiques et métallurgiques, en banlieue parisienne dans les cités tristement célèbres, ou dans les logements sociaux de toutes les villes de France où nous sommes à l'étroit car nous y vivons depuis trente ans et que la famille s'est élargie et que nous sommes sur une liste d'attente depuis dix ans pour un nouveau logement.

Nos parents ont reçu leur diplôme de décoration et du bon goût dans un paquet de lessive. Nos tables de cuisine sont en Formica, souvent recouvertes d'une toile cirée à carreaux ou à fleurs. Une protection pour parer aux saccages de la marmaille. Nos canapés ont été achetés chez Conforama ou chez But. L'armoire du salon est en bois marron, décorée de bibelots et de napperons. Nos sols sont recouverts de lino, faciles à nettoyer. Des illustrations diverses et variées, photos, posters, images, représentent le plus souvent des montagnes, La Mecque, des peintures Renaissance, des stars de la télé, ornent les murs des couloirs et de toutes les pièces. Des vases en argile, bariolés, des bibelots rapportés par les enfants de-ci de-là (colonies, petites escapades avec l'école) et des plantes sont disséminés à travers les pavillons ou les appartements. Personne ne se souvient de leurs noms mais elles grandissent avec nous. Elles font la fierté de nos mères. Nos mères pourraient vivre dans la jungle sans aucun problème.

Nos pères travaillent à l'usine, font des tournées de nuit ou du matin et acceptent d'être payés mille deux cents euros après quarante ans de travail. Nos rythmes à nous aussi sont conditionnés par les trois-huit.

Quand nos pères rentrent à cinq heures du matin de l'usine, ils dorment l'après-midi. C'est donc silence impératif. Sauf que faire taire un gosse excité comme une puce, qui vient de batailler des heures durant avec les copains, c'est mission impossible. Alors on se fait frapper par nos mères parce qu'on fait trop de bruit et qu'on claque les portes. Et on redoute le réveil de nos pères car on sait qu'ils nous ont entendus crier. Mais on avait oublié qu'ils dormaient. On ne savait pas. Et puis si, on savait, mais c'était plus fort que nous, on gueulait car on s'était amusés comme des fous aux gendarmes et aux voleurs.

Quand, tard dans la nuit, vers minuit, nos pères rentrent de l'usine, ils nous réveillent et nous dressons l'oreille. Nous entendons la voiture qui ronronne, le moteur qui s'éteint, la portière qui se ferme, la clé qui tourne, le frigo qui tremble, la télé qui s'allume, la fourchette qui frappe l'assiette. Nous sommes rassurés. Nos papas nous ont été rendus. Nous pouvons nous rendormir.

Nos existences d'enfants sont rythmées par les trois-huit. On n'y a jamais rien compris. C'est un truc d'adultes les trois-huit.

Nos pères adorent la viande. Ils adorent les biftecks, les côtelettes. On sent leur empressement, leur vénération, leur délectation pour ces morceaux de chair grillée. Ils voudraient être les seuls à en profiter. La viande est le symbole du travail et de l'argent. Le symbole de la fortune du pauvre. Un dur mois de travail trouve tout son sens quand il voit dans son assiette un bon bifteck que sa femme a fait cuire dans la poêle et que ses papilles sont en émoi.

Si nos parents avaient les cordons de la bourse du gouvernement français, la France serait tellement excédentaire qu'elle pourrait éradiquer la pauvreté dans le monde. Lorsqu'ils doivent aller chez le dentiste à cinq kilomètres, ils y vont à pied. Le bus est un luxe. Nos parents prennent le taxi à deux occasions : quand ils reviennent de l'hôpital et que c'est pris en charge par la Sécu, et quand ils vont en Algérie et qu'ils doivent se rendre à l'aéroport le matin trop tôt, à cinq heures, qu'il n'y a pas de transports en commun et qu'ils ont trop de bagages. Autrement dit, quand ils n'ont pas le choix.

Nos parents n'ont pas de cerveau et pas d'amour-propre. Les pauvres croient défendre leur honneur en remplissant leurs feuilles de CAF, en attendant le versement des allocations, en allant voir l'assistante sociale, en réclamant une aide financière pour l'eau et l'électricité, en allant à la mairie demander un bon pour le supermarché, en allant faire une demande aux Restos du cœur ou en allant récupérer des vêtements au Secours catholique. Ils ont l'impression de gruger le système. D'obtenir quelque chose auquel ils n'ont pas droit. Ils croient tromper et se sentent dans leur bon droit, sans trop savoir pourquoi. Parfois, ils se rebiffent quand on les fait attendre trop longtemps dans les services publics, ils ont attendu deux heures, voire trois avant de se manifester et après ils tiennent plus. Ils crient un peu. Ils prennent les gens à témoin. Ils nous rendent tristes. Ils n'ont aucune fierté. Leur petitesse, leur faiblesse nous écœurent.

Nos parents ne croient qu'en la famille. Au péché. À l'argent. Aux économies. Aux vêtements. Aux objets. À Allah. À la douleur. Ils ne savent pas ce qu'est le repos, même quand ils dorment. Leurs corps ne décompressent jamais. Leurs cellules sont des réserves à tensions, à mélancolie, à angoisses. Allongés sur les canapés des salons, nos pères dorment les paupières crispées, le front plissé. Nos mères s'étendent sur leur lit après le déjeuner, elles cauchemardent. La peur au ventre. Toujours. On a toujours peur, on est plein de peurs. Nous aussi, les enfants, nous avons hérité de ces peurs. Aujourd'hui, nos parents, tout les effraie. Ils ignorent tout du monde. Nos pères ne dorment plus la lumière éteinte. Des hommes pourtant, des vrais, avec la voix rauque, la distance, la froideur, la gueulante facile, la violence, de vrais bonshommes. Nos pères pleurent parfois. On est surpris. On se dit qu'ils ont un cœur. Évidemment qu'ils en ont un.

Nos pères sont froids. La tendresse ? Pour quoi faire ? Elle ne sert à rien. La tendresse des pères. Quand on doit trimer. Bosser toute la journée à l'usine. S'oublier. Quelle place pour la tendresse ?

Le travail sacrificiel. Pas d'échappée. Pas d'autres possibilités. Aucune conscience du choix. Chômage et peur du chômage se donnent la main.

Nos parents sont dans le trou de l'écartèlement culturel. Ils sont au fond d'un gouffre, sans outils, sans matériel pour escalader les parois verticales.

Si vous regardiez les yeux de nos parents, vous y verriez leur détresse, leur peur de la vie, leur besoin d'amour et toute l'enfance qu'ils n'ont pas eue. Toute l'adolescence. Toute la vie adulte. On aime bien regarder nos mamans et nos papas dormir. Quelque chose nous y pousse. Les anges nous y poussent pour que, attendris, nous leur envoyions de jolies pensées, à ces petits parents perdus.

Après plusieurs décennies passées en France, nos mères attendent toujours leur lave-vaisselle. Elles savent qu'elles en auraient besoin vu la masse de vaisselle quotidienne. Mais le chef de famille trouve la machine trop chère. Nos mères se résignent et se rallient à la cause du père. De toute façon, on n'aurait pas su où la mettre. À moins de la caser à la cave ou au garage mais dans ce cas, il aurait fallu descendre dix fois par jour. Et puis, même là, en y réfléchissant, il n'y a pas de place non plus. Entre la voiture, le congélateur bourré des légumes du jardin et du mouton zigouillé l'année dernière, la bouteille de gaz, la bonbonne à huile d'olive du bled bien odorante, les cagettes à patates et le tuyau d'arrosage, c'est «on oublie tout de suite». Au bout du compte, ç'aurait été une calamité. Ça bouffe beaucoup d'eau, ça nécessite de l'entretien, il faut des fois repasser derrière car ça ne nettoie pas très bien. Non, vraiment, ce lave-vaisselle, c'était une idée de merde.

La hotte aspirante, c'est autre chose. Elles l'ont obtenue au bout de quoi ? quinze, vingt ans d'attente. Et vraiment, elle rend service. Aucune hotte n'a vu autant d'huile de sa vie. Les Arabes adorent les fritures. Les frites. Les gâteaux à la semoule. Les crêpes arabes avec de gros trous dans la pâte. Avec beaucoup de miel. Des graines de sésame. Beaucoup de sucre raffiné. Et puis, pour les odeurs, c'est très bien. Ça empeste moins. Les odeurs du dimanche : la lessive, les serviettes mouillées, le savon, la graisse de voiture, le mazout, la chaudière, la graisse de cuisine, les tomates pelées et les piments, les galettes, les poils de poulet qui crament, le couscous.

Sauf qu'il y a des odeurs, hotte ou pas, ça ne change rien. Notamment au moment de l'Aïd, la fête musulmane où, en souvenir d'Abraham, on égorge un mouton dans le garage ou sur la terrasse ou dans la baignoire. Y a intérêt à savoir dépecer la bête. De la cervelle aux pieds en passant par les testicules, tout se mange. Nous observons ces scènes avec fascination et dégoût. C'est notre héritage commun à nous tous, juifs, chrétiens, musulmans. Dans la mémoire d'Abraham... Sauf qu'Abraham, il n'a pas égorgé le mouton à la maison et qu'il a fait ça dehors vu que le bélier est apparu dans un buisson ardent. Chez nous, l'odeur persiste des jours et des jours. Nos parents ne veulent pas qu'on râle. Ils nous demandent de nous taire.

Nos parents ont de multiples petits plaisirs. Nos mères : s'affairer dans leur cuisine ; le petit café le matin avant la lessive, le petit café après la lessive ; aller chercher leur petit-fils à l'école et papoter avec les bonnes femmes qui attendent devant la grille ; le *Nous Deux*, le *Maxi*, le *Femme actuelle* (toujours empruntés à des copines qui veulent s'en débarrasser car ces trucs ça s'entasse vite) cinq minutes avant de commencer la préparation du déjeuner ; la sieste de l'après-midi quand tout le monde est à l'école ou au travail.

Nos pères : s'affairer sous le capot des voitures ; le tiercé du dimanche matin ; les lapins dans le garage ; la pièce à souder dans la cave. La partie de dominos au foyer associatif dans une salle peinte en blanc cassé. Ils sont entre vieux, tout va bien, ils rient en buvant du thé et ils ne font chier personne.

Nos mères achètent leur parfum chez Yves Rocher. Parfois, elles organisent des réunions Tupperware. Elles font des petits jobs pour boucler les fins de mois. Elles ont eu aussi leur période «produits Avon», des parfums et des mallettes de maquillages immondes qu'elles vendaient au porte à porte. C'étaient dans les années 1980. Il y a aussi le grand classique des gardes d'enfant, du ménage chez les particuliers. Les plus débrouillardes réussissent à devenir mères d'accueil pour la DDASS.

Nos mères aiment les belles choses. Elles n'osent pas trop le faire savoir. Elles ont toujours des coquetteries qu'elles ont du mal à tenir en bride. Celles qui ont le plus le sens du sacrifice achètent une fois tous les dix ans un bijou par correspondance chez Maty ou au rayon bijoux d'Auchan. Quand elles sont bardées de bijoux en or, ça arrive, c'est qu'elles les ont achetés au bled ou qu'elles en ont hérité. Elles veulent en foutre plein la vue à leurs copines. Elles aiment aussi les vêtements de fête, c'est très important. C'est sacré. Oh la la, la confection de leurs robes, quelle histoire. Il y a des spécialistes parmi elles, en France ou au bled. On leur donne du tissu, du fil, des dentelles et elles vous les transforment en une robe merveilleuse, qui vous rend si fière d'être algérienne, une robe qui sent le pays, qui vous donne un peu d'énergie, qui donne un peu de sens à cette vie que la France ne vous offre pas, une robe jaune et rouge qui vaut la peine, même enfermée dans l'armoire. Un jour, on met la robe pour une cérémonie ou juste comme ça, on l'enfile et ça nous connecte, on déballe les affaires au printemps. Le soleil entre par la fenêtre de la chambre parentale. Les filles entourent leur maman. La situation s'est présentée naturellement. Elles touchent les robes et les bijoux, apprécient, la mère rassure, promet qu'elle leur fera faire de plus belles robes si elles vont en Algérie cette année. C'est un moment à part, unique. Un moment heureux entre femmes.

Nos mères, de belles femmes, il suffit de voir leurs photos de jeunesse, elles le sont encore, même à quarante, cinquante ou soixante ans, elles sont juste plus grosses. Et n'accusons pas les excès en amandes, cacahuètes dont elles s'empiffrent de temps en temps. Non, c'est plutôt la cortisone pour soigner ceci ou cela. Ou l'insuline pour le diabète. Au fond, c'est la déprime. Elles se trimballent un truc mélancolique, nostalgique. On se demande, à un moment ou un autre, si leur relation avec leur mari est en cause et qu'elles n'osent pas en parler. Nos pères, les seuls hommes qu'elles aient connus. Même si elles ont toutes une petite histoire sur un autre prétendant que nos pères. Qui aurait demandé leur main durant leur adolescence et à qui il serait arrivé quelque chose. Ou une union que quelqu'un aurait empêchée. Un ensorcellement. Une jalousie. Mais le mektoub en a décidé autrement. Notre père leur a été dévolu. Se sont-elles imaginé un autre destin ? Elles ont des regrets. Beaucoup de regrets. Elles auraient pu devenir aides-soignantes ou infirmières à vingt ans si leurs pères ne s'y étaient pas opposés. Si seulement si. Si seulement si. Elles regrettent de ne pas avoir passé leur permis de conduire à quarante ans, alors qu'il était encore temps. Si elles écoutaient de la musique française, nos mères aimeraient infiniment France Gall, « Si maman si ».

Nos mères, ce qui leur manque avant tout, avant nous, avant Dieu, c'est leur propre mère. La mort de leur mère, comment en parler, c'est la fin. C'est la fin de tout. C'était le jour. Et désormais c'est la nuit pour toujours. Nous avons souvent l'impression qu'elles ne retournent en Algérie que pour se recueillir et rester un maximum de temps auprès de leur mère, auprès d'une tombe. Il y a peu de chose qui peut les faire sortir de leur torpeur, même trente ans après : le mariage d'un fils, la naissance d'un petit-fils ou d'une petite-fille...

Les Arabes aiment les enfants ! Surtout quand ils sont bébés, enfin disons jusqu'à trois ans. Après ils perdent patience. Et que je te donne une claque par-ci et que je te donne une claque par-là. Et que je te considère comme un adulte alors que tu n'es qu'un petit bout de chou. Quand ils ont un an : et que je te fais un gros smack sur la bouche et que je t'aspire ta bonne joue fraîche et que je te prends toute ton énergie. Et il faut empiffrer les enfants car empiffrer c'est aimer. Les faire bouffer pour qu'ils grossissent. Les Arabes aiment comme ils honnissent la gourmandise. Un enfant qui mange quand on lui demande de manger, c'est un enfant en bonne santé; un enfant qui bouffe tout, c'est un gosse mal élevé.

Le bébé algérien, dans la tête de nos parents, le bébé dont ils rêvent, est un bébé magique : silencieux et obéissant et souriant, dodu sans être gourmand.

Mais nous, nous sommes des enfants monstres, des animaux sauvages, nous mangeons tout ce que nous trouvons. Les fausses Vache qui rit, les gâteaux dans l'armoire, les fruits dans le panier, les packs de soda. Comme des porcs avec leurs groins, nous flairons les denrées où qu'elles se trouvent. Les baluchons de nos papas, qu'ils prennent pour aller au travail, à l'usine, et qu'ils abandonnent dans le couloir à leur retour, on en reconnaîtrait l'odeur entre mille. Nous fouillons dedans régulièrement. Nous veillons à ce qu'il n'y ait personne dans les parages et nous l'ouvrons. Les enfants adorent fouiller. Nous adorons fouiner. Que cherchons-nous ? Des victuailles, des choses insensées, bouleversantes, des trucs secrets. Il y a toujours une banane trop mûre dans un sachet plastique. Il y a toujours une gamelle fermée dont l'odeur laisse deviner la soupe ou le ragoût qu'elle contenait. Il y a toujours un thermos à café. Il y a toujours une fourchette, un couteau, du camembert, un reste de pain tout mou. Il y a toujours un journal pour suivre les courses et jouer au tiercé. Il y a toujours des feuilles roses, rouges ou vertes, des tracts auxquels nous ne comprenons rien, avec plein de mots, avec des sigles CGT, FO, et d'autres choses, de vieux sucres, une petite cuillère, le programme télé.

Nous sommes des ratons laveurs qui ouvrons toutes les portes et les fermetures éclair des sacs. Nous nous goinfrons. Nous nous empiffrons. Nous sommes des affamés. Des crevards. On nous le répète assez. Mais pourquoi avons-nous donc si faim ? Pour nos parents à bout, c'en est trop. Ils décident tôt ou tard d'enfermer toute denrée alimentaire, quelle qu'elle soit, en lieu sûr, de la sucrerie au jambon de veau hallal en passant par le lait, dans la cave cadenassée que même un éléphant ne pourrait défoncer. Mais comme nous sommes plus rusés que les éléphants, à défaut d'avoir de la mémoire, nous finissons toujours par profiter d'une inadvertance parentale pour mettre la main sur la clé du cadenas. Nous prenant pour des malins de première, nous nous rendons discrètement à la cave, avec l'intention de nous contenter d'un petit bonbon chapardé dans un paquet déjà ouvert pour que ça passe inaperçu mais, la gourmandise prenant le dessus, c'en est bientôt fait du paquet tout entier, de la plaque de chocolat et de la bouteille de faux Coca. Et comme dans toute bonne fable de La Fontaine qui se respecte, la grenouille enfle tant qu'elle explose, percée par le bec d'un corbeau très en colère.

Chaque dimanche on a droit au couscous et au bain hebdomadaire. Le droit à la douche plusieurs fois par semaine n'a vraiment été respecté dans les foyers maghrébins que dans les années 1990. Toujours au prix d'engueulades sans fin. Nos parents nous coupent l'eau chaude alors que nous sommes badigeonnés de savon afin de nous donner une bonne leçon d'économie.

Nos parents ne sont responsables ni de l'effet de serre, ni des pénuries en eau. Ils étaient écolos avant l'heure. Ils ne nous pardonnent ni un kilowatt d'agrément (lire avant de se coucher), ni une minute de trop sous la douche. Les conseils de Nicolas Hulot, nous les connaissons par cœur car ce sont nos parents qui les ont inventés : « Vous vous muillez li corps avec un pi d'eau. Pas la pine de la lisser couler plous que quelques sicondes. Vous vous savounnez. Vous vous rinci. Quand y a plus di mousse, vous arriti l'eau. C'i tout. Deux minoutes, pas plous. Vous êtes propres et fraîches pour dimarrer la journée. »

Nos parents auraient pu déposer avant l'heure des brevets pour les lampes basse consommation (LBC), le thermostat d'ambiance, les chasses d'eau économiques, les nouvelles chaudières « basse température » ou « à condensation » avec un label « Flamme verte », le chauffe-eau solaire, l'éolienne...

En ce qui nous concerne, nous avons obtenu, après des études longues et pointues avec des maîtres ès radinus, un master en économie d'eau et d'énergie. Nous avons eu une mention du plus haut niveau dans les matières suivantes : coupure immédiate de la lumière du couloir, coupure immédiate de la lumière des chambres, coupure immédiate de l'eau de la vaisselle, coupure immédiate de l'eau des toilettes, coupure immédiate de l'eau du bain.

Nos mères refusent que nous nous changions tous les jours. Ça leur paraît insensé. C'est un cauchemar tous les jours pour elles, ces montagnes de vêtements même pas sales qu'il faut laver pour éviter d'être submergées par la lessive du lendemain. Elles en ont marre.

Si elles pouvaient faire grève, elles le feraient. Nous sommes un peu les employeurs de nos mères et nous les rétribuons très mal.

Mais elles n'ont pas de syndicat. Encore heureux. On serait mal barrés. Avant de devenir des mères, elles n'imaginaient pas tout ce que ça leur coûterait. La profession est rude. Ce dont elles ne se rendent pas compte, c'est que si elles avaient des couilles, elles laisseraient tout tomber, elles auraient une vie moins centrée sur nous et elles obligeraient nos pères à assumer leur rôle. Il faut l'avouer, nos pères sont des enfants et nos mères aiment les considérer comme tels. C'est de cette façon qu'elles exercent leur pouvoir sur eux. Nos pères n'ont jamais franchement connu l'amour maternel alors, quand ils se marient, c'est un peu l'attention d'une mère qu'ils reçoivent. Nos pères se les approprient. Ils confondent épouses et mères. Nos pères les appellent : « Hé toi », « La femme ». Ils ne connaissent pas les pronoms possessifs. La femme a un statut très particulier. Ce n'est pas du machisme mais plus de la pudeur.

Et nos mères confondent enfants et maris. Les rôles se mélangent allégrement.

Mais les drames surviennent après la quarantaine, quand nos pères ne peuvent plus changer. Ce sont de gros bébés avec des couches-culottes. Ils n'ont jamais suivi les nombreux conseils qu'ils ont reçus de nos mères. Elles les ont pourtant encouragés à acheter une maison en France il y a déjà belle lurette, à changer de boulot pour gagner plus et plein d'autres choses. En vain. Nos mères, comme toutes les femmes, ont un sens pratique très développé. Elles ont les pieds sur terre. Elles font des reproches à leurs hommes mais pas au point de les bousculer franchement. Même si parfois ça dégénère et que nos pères aimeraient leur casser la gueule à nos mères, à force de les remettre en cause. Surtout dans leur manière de nous élever. Nos pères font semblant d'être pères. Ils font semblant de nous élever. Mais ils finissent par croire qu'ils le font. Ils en ont marre que nos mères disent oui quand eux disent non.

Mais c'est drôle parce qu'on a le sentiment que nos mères disent oui juste parce que nos pères disent non. Nous, ça nous arrange. Quand nos mères donnent leur approbation pour une sortie et qu'elles nous défendent devant nos pères, ces tortionnaires, qui eux nous l'interdisent. Ils voudraient nous garder en sécurité. Nous savoir enfermés de façon à ce que leur monde ne soit pas bousculé. Qu'aucune mauvaise nouvelle ne vienne troubler le cours des choses. Pour que leur vie continue de se dérouler paisiblement, calmement, sans vagues. Nous sommes inopportuns dans leur monde.

Quand nos parents ont commencé à sentir l'odeur de la cigarette sur nos vêtements, Tchernobyl à côté, ça ne pouvait pas être pire. Nous on les a pris pour des cons. On a cru qu'en aspergeant de parfum nos écharpes ou les toilettes, ils n'y verraient que du feu. C'était mal les connaître. Nos parents sont à cent pour cent pour Big Brother. S'ils pouvaient dissimuler des caméras dans nos sacs, ils le feraient.

Nous on flippe mais on fume quand même. Des fois, quand on rentre de l'école, nos parents attrapent nos cartables et fouillent dedans. Évidemment, on ne s'y attend pas. Sous les coups, on parvient à proférer des mensonges du genre « C'est pas à moi, c'est ma copine qui m'a demandé de les lui garder. »

Parfois, on a de tels accents de sincérité qu'ils nous croient et ils arrêtent de frapper en soulignant que, de toute manière, ça nous servira de leçon et qu'ils ne nous y reprennent pas. Et bien sûr ils nous y reprennent. Et bien sûr ça continue, le jeu du chat et de la souris. Un jour, des années plus tard, l'une des deux parties, épuisée, capitule. En général, ce sont les parents.

Le problème du maquillage et des vêtements trop courts, c'est à la même période. Que nos pères nous surprennent avec un peu de noir sur les yeux ou un peu de rouge à lèvres ou une jupe affriolante et voilà la guerre déclarée. Pour eux, le problème est majeur, d'une gravité extrême. Il leur faut employer les grands moyens, de l'obligation à pratiquer la religion à l'enfermement, en passant obligatoirement par l'injure. Ne croyez pas que nous soyons choquées. Cela va de soi. Nous ne sommes pas censées nous maquiller et nous le savons.

Nous trouvons des subterfuges. Nous enfournons nos vêtements sexy dans nos sacs d'école et nous nous changeons dans les toilettes des filles. Assises sur la cuvette, nous sortons notre petit miroir. En quelques minutes, d'une main experte, nos visages se retrouvent peinturlurés en rose, brun, vert et bleu.

Nous n'avons pas de brosse défrisante pour lisser nos cheveux alors nous faisons avec les moyens du bord au risque de nous brûler. On place une serviette sur la table, on dépose nos cheveux sur le bord et on applique le fer à repasser bien chaud. Nos parents ne comprennent pas nos folies mais ils s'habituent à tout. Et puis tant qu'ils n'ont pas à payer pour ça, ça passe.

Pour plaquer nos cheveux, c'est pareil. Dans les années 1980, les parents arabes n'achètent pas de gel pour leurs enfants, ça coûte cher. Des recettes de grand-mères circulent. C'est pour ça qu'on se tartine la tête avec du blanc d'œuf monté en neige.

Nous, les fils d'immigrés, devons protéger nos sœurs de Satan qui leur souffle de mauvaises idées. Nos sœurs ont des problèmes. Elles se maquillent. Elles commencent à regarder les garçons. On ne les tient plus. Elles cachent des choses. Même les frapper ne suffit plus. Elles deviennent violentes. Elles mentent effrontément. Les parents ont usé de tous les subterfuges. La gentillesse, la méchanceté. Après il n'y a pas trente-six mille solutions, c'est le marabout. Les versets du Coran. L'encens à laisser fumer sous le sexe, pour purifier.

Nous, les fils d'immigrés, nous nous survirilisons, nous nous surmasculinisons car ajouter à une faiblesse économique, sociale, environnementale... les faiblesses de la féminité, c'est nous mettre dans une position d'hypervulnérabilité qui pourrait nous rendre fous. La féminité et la femme, c'est la pute qu'on voit à la télé, en soutif, en culotte ou sans culotte, qui se fait défoncer par les mecs sur RTL 9 et sur M6 et sur Canal +, ou celle qui se fait arnaquer par sa direction ou celle qui se fait harceler par ses supérieurs. La femme, c'est celle qu'on ne voit jamais aux postes importants, la femme, c'est une faible comme nous et nous ne voulons pas ressembler à cette femme-là.

Nos femmes sont soit des putes qui nous répugnent, soit des saintes qu'on respecte.

Nos sœurs sont faibles. Nous les empêchons de sortir après une certaine heure. Nous leur flanquons des raclées lorsqu'elles n'obéissent pas.

Notre peur, la pire, c'est celle du déshonneur. Qu'elles salissent la famille, qu'elles souillent notre nom. Nous faisons peser des menaces sur elles pour qu'elles ne fassent pas n'importe quoi. Nous ne voulons surtout pas qu'elles rencontrent des garçons. Cette idée nous est insupportable. Nous sommes attentifs au moindre de leurs gestes, à la moindre conversation téléphonique qui les trahirait. Leur émancipation nous gêne. Nous les voyons se transformer à la période de la puberté et nos cerveaux se mettent en alerte. Les seins qui poussent, le corps qui se féminise, tout ça c'est pas bon. On soupçonne quelque chose, leurs mauvaises pensées. Nous ne leur faisons pas confiance.

Pourquoi sommes-nous comme ça ? Nous sommes très possessifs. Nos sœurs sont nos sœurs. Nos filles sont nos filles. Nous les voulons pour nous tout seuls. Ou plutôt nous voulons qu'elles n'appartiennent à personne. Nous voulons qu'elles restent innocentes. Nous les préférons quand elles sont petites et toutes gentilles et qu'elles nous font des mamours. Si seulement elles pouvaient rester comme ça. Quand elles sont grandes, elles nous échappent. Alors, pour leur faire payer leur désir d'indépendance, nous leur en faisons baver. L'idée qu'un mec les embrasse, ou pire, est quelque chose d'inconcevable.

C'est au-delà du tabou. L'amour d'un autre pour elles est inacceptable, insupportable. D'où nous viennent ces sentiments ? Nous ne voulons peut-être pas le reconnaître mais nous avons peur de nos propres désirs. Toute notre vie, nous devrons les maîtriser. Ne pas en parler à nos parents. L'amour et le sexe sont tabous sauf dans le cadre du mariage. Le mariage est le seul type de relation accepté. Les amours adolescentes, les relations avant le mariage sont prohibées.

Ce sont nos parents qui nous ont éduqués comme ça. Leur hantise c'est que leurs filles tombent enceintes parce que dans ce cas le jugement des autres, de la communauté, est cruel, impitoyable. Toutes les mères et tous les pères arabes redoutent ça. C'est la pire des calamités. Pourquoi ? Après tout, qu'est-ce qu'il y a de si grave à ce que nos sœurs, nos filles rencontrent des hommes ? Pourquoi n'auraient-elles pas le droit d'aimer et d'être aimées même s'il n'y a pas d'engagement définitif ?

Nous n'avons rien compris à l'amour. Nous en avons une image dangereuse. La répression sexuelle en est responsable. Nous n'avons pas compris que le sexe n'a pas d'importance. Qu'il ne représente rien. Nous en avons fait une montagne de cette histoire de sexe. Il prend beaucoup trop de place. Le jour où il réintégrera sa juste place, nous nous apaiserons.

Nous, les fils d'immigrés, on se permet de tirer des filles ou des mecs. On se sent coupables. Nos corps ne répondent de rien. Nous nous mettons en danger sexuellement. Dans un sens sadique ou masochiste. Sur un plan personnel ou criminel. Vous comprenez que puisque vous ne les avez pas aimés, nos parents se sont arc-boutés sur leurs traditions, sur leurs valeurs qui s'appuient sur un tabou absolu du sexe. Ou alors le sexe est évoqué par le biais d'un mariage hypothétique, programmé, promis. La sexualité adolescente est niée. Ils ne nous ont en pas parlé. Ils ne nous en ont rien dit. Ils ont juste mis les filles en garde. Les ont menacées des plus infamantes représailles si elles devaient perdre leur virginité ou tomber enceintes. Nous violons, nous nous faisons violer, nous n'avons pas appris à maîtriser nos pulsions car nous découvrons leur existence au moment où elles se libèrent. La question de la réciprocité, du consentement, du savoir dire non, est encore plus prégnante chez nous que chez vous.

Nos parents ne savent pas que des enfants d'âges différents ne doivent pas dormir ensemble. Que deux personnes qui dorment ensemble, quel que soit le lien qui les unit, c'est de toute façon sexuel. Ils ne voient pas ce qui se trame dans les chambres ou les salons quand nous prétendons jouer, dans les caves des cités, ils ne voient rien. Ils ne savent pas que c'est dangereux. Que ça peut tuer. Que ça peut aussi indirectement les tuer. Vous êtes complices de ça. Si vous les aviez mieux aimés, ils auraient prêté une oreille plus attentive à vos magazines, à vos émissions radio, à Dolto, ils auraient mieux écrit, ils auraient mieux lu, ils auraient mieux compris que dans la vie tout est vaste, complexe, multimodal; ils seraient sortis, un peu, d'une vision ethnocentrique. Cela aurait suffi à réduire les dégâts. Et vous, de les connaître, ça vous aurait aidés à être un peu moins laxistes.

Nous, les filles d'immigrés, subissons de plein fouet l'écartèlement de la culture. D'un côté vos enfants à vous, nos copines de classe, des Françaises, peuvent sortir avec des mecs, et de l'autre nos parents nous mettent en garde et nous empêchent d'avoir la moindre relation amicale avec des garçons. Nos grandes sœurs, dans les années 1980, ont failli rester au bled. La situation en France était tellement intenable que nos parents leur ont fait croire à des vacances en Algérie mais avaient en réalité pris leurs dispositions pour qu'elles y restent définitivement.

Les plus malignes d'entre nous ont bien vu le billet aller sans le retour. «Papa, maman, pourquoi vous n'avez pas acheté le billet de retour? – Oh! Ne t'inquiète pas, ma fille, il n'y avait plus de places, alors on les achètera en Algérie, ce sera plus facile.» Tout ça avec la voix de la sorcière dans *Blanche-Neige* : «Tiens, ma petite, prends donc cette pomme...», ou celle du grand méchant loup dans *Le Petit Chaperon rouge* : «Mais c'est pour mieux te voir, mon enfant.»

Nous acceptons de nous marier pour que cesse le harcèlement que nos parents nous font subir depuis notre plus tendre enfance. Ils retournent terre et ciel pour dégoter le prétendant ou la prétendante. Ils en parlent. De vrais imprésarios. De vrais attachés de presse. Ils n'ont pas de master en marketing mais ils ont compris qu'en rajouter un peu pouvait tout changer. Si leur fils est maçon pour Bouygues, ça devient un chef de chantier. S'il est agent technique pour Noos, il devient ingénieur. S'il travaille comme employé dans une station-essence, il est donc dans le business du pétrole. Si elle est femme de ménage à l'hôpital, elle est infirmière. Si elle est aide maternelle, elle est institutrice. Parfois, ils se contentent de taire la fonction et de nommer juste l'institution, en feignant l'humilité, ça fait plus classe à leurs yeux : « Ah ben oui, notre fille travaille à la mairie, on remercie Dieu, tout va bien ! Inch'Allah ! » ou : « Notre fils est au ministère, on remercie Dieu, tout va bien ! Inch'Allah ! » Avec le téléphone arabe, le gars qui travaille comme petit fonctionnaire devient presque ministre dans les esprits.

Nous acceptons de rencontrer des gens venus du bled ou issus du même bled et qu'ils estiment parfaits, parfaites pour nous. Ils conviennent d'un rendez-vous. Tout le monde est gêné. Des gâteaux, du thé et du café ont été préparés. Le prétendant vient toujours chez la prétendante. Accompagné des parents ou des tuteurs, cela va sans dire. Ça passe ou ça casse.

En général, on a droit à deux ou trois essais. Après c'est bonjour les dégâts. Il faut pas abuser non plus. Nos parents sont indulgents au premier refus. Ils se mettent à notre place. Le deuxième prétendant, c'est plus délicat. On est sur une corde raide. On peut perdre l'estime de ses parents, sa propre estime et celle des autres. À votre troisième refus, au troisième service thé, gâteaux, café, là, vous vous foutez de la gueule du monde. On dit de vous que vous vous prenez pour une princesse, que vous avez des goûts de luxe. Mais au XXIe siècle, vous pouvez vous le permettre. On vous en veut c'est clair et ça finit par jouer des castagnettes. Pendant des mois vos parents vous font la tête. Ils ont eux aussi perdu la face devant les autres. Au bout du compte, votre refus est le reflet de la prétention de la famille. Et rien de pire qu'une famille qui pète plus haut que son cul car tout le monde sait exactement comment vous vivez, le niveau de vos revenus, la marque de votre voiture et le nombre d'étages de votre maison au bled. Pareil que pour les bourges.

Après il y a l'autre cas de figure. Celui où vous avez eu la mauvaise idée de céder et de trouver que le prétendant avait un beau regard. Il revient une deuxième fois et là ça passe à la vitesse supérieure. Rappelez-vous qu'au premier rendez-vous, les parents du prétendant étaient présents. Au deuxième rendez-vous, ils ne sont pas là. Ils veulent laisser toute latitude au fils de découvrir la jeune fille. Vos parents à vous jubilent. Ils sont encore gênés. Mais tout se passe selon le protocole, à travers lequel ils ont une maîtrise parfaite des événements.

Rien ne leur échappe. Le moindre baiser volé, à ce stade, ne peut avoir lieu. Mais c'est prévu. Tout le monde reste sagement sur le canapé à discuter à bâtons rompus. La jeune fille convoitée tente de paraître à l'aise mais trahit inéluctablement son embarras, voire sa curiosité, en jetant des coups d'œil furtif tantôt au visage, tantôt au reste du corps pour évaluer la galère dans laquelle elle s'est engagée.

Disons qu'elle ne rebrousse pas chemin et qu'elle accepte l'inévitable demande en mariage qui lui pendait au nez. Tout peut aller très vite en fonction des impératifs des deux familles : étouffer une affaire récente (exemple : le fils sort de prison ou a été l'objet d'une dénonciation sordide, la fille a été accusée d'être une mauvaise fille, etc.) ou ne rien étouffer du tout. Mais pour le bien de tous, mieux vaut aller vite. Les fiançailles ont lieu au bout de deux mois, et le mariage pas plus de quatre mois plus tard. Ça crée évidemment toujours des problèmes car les salles des fêtes communales sont réservées souvent un an à l'avance. Alors il faut dénicher une salle à proximité mais, vu l'enjeu, la mission n'est jamais impossible. Le mariage est la clé de voûte. La clé du bonheur. La clé de la tranquillité. La clé de l'apaisement des ancêtres. La gloire de Dieu. L'immense plaisir des anges. L'infinie gratitude de votre mère. L'honneur sauf de votre père. Bref, la clé du paradis.

Le protocole suit son cours. La date fixée. Les invitations lancées (elles n'ont pas été envoyées par la Poste, les parents se déplacent en général en personne car certains invités prennent très mal les invitations au téléphone. Pour ménager toutes les susceptibilités, le déplacement se fait de porte à porte). Le groupe de musique a été trouvé. L'imam. La robe de mariée. Les bonnes femmes pour faire le couscous dans les cuisines de la salle des fêtes.

Tout le monde est mis à contribution dans une ambiance un peu survoltée, avec des vieux qui croient bien faire en vous disant de faire ceci ou cela, qui vous engueulent pour un oui ou pour un non et qui foutent une ambiance de merde si bien qu'on n'a plus vraiment l'impression d'être à un mariage mais à une foire d'empoigne entre jeunes et vieux.

Ces vieux Arabes sont tout gris. Ils sont tristes. Ils sont fades. Ils font peur. Ils ressemblent à des zombies. Ils ont tous la même tête, la même couleur, presque. En temps normal, ils traînent leurs savates dans les magasins, ils tuent le temps dans les bars, devant la télé, ils achètent leur petit camembert et leur demi-baguette chez l'épicier. Ils vous regardent avec des yeux vides qui disent : « On est juste de passage ici. » Ils sont à eux tout seuls un manuel d'existentialisme. Les vieilles Arabes, elles, vous regardent des pieds à la tête. On a envie de leur cracher dessus parfois. On les imagine lubriques. À évaluer inconsciemment la morphologie des hommes ou le degré de sex-appeal des femmes. Et avec ça, elles vous appellent « mon fils », « ma fille » en arabe. Elles ne savent pas qu'on connaît leur manège, qu'elles veulent séduire nos parents en se faisant passer pour des femmes bienveillantes. Quand un Arabe veut te niquer, au sens propre ou figuré, il t'appelle toujours mon cousin ou ma cousine, mon frère ou ma sœur. Ces vieilles bonnes femmes, ce sont des sorcières parfois.

Très vite, des bouteilles de soda (*gazouze*) jaune, orange et marron scintillent de mille feux sur les tables recouvertes de papier blanc alignées en forme de U. Une odeur de bœuf et de mouton cuisant dans leur gras emplit chaudement l'atmosphère. Le « band » n'est toujours pas là. Les gens se sont mis sur leur trente et un, façon ploucs endimanchés.

On installe la mariée au fond de la salle, sur un petit canapé deux places. La musique se met finalement à tambouriner. De vieilles Arabes entonnent leurs youyous. Tout le monde affiche un bonheur de circonstance sauf la future mariée qui pense aux conséquences de ses actes, qui se sent un peu manipulée et souhaite ardemment que cette scène où elle voit des enfants qui se chamaillent et des femmes qui s'esclaffent soit un mauvais rêve. Dans une pièce à part, l'imam célèbre le mariage en présence d'hommes uniquement. La femme n'a nullement besoin d'être là. Seul le futur marié, les pères et les témoins entourent l'officier religieux. Quelques bonnes paroles échangées dans une atmosphère malgré tout solennelle, quelques signatures sur un registre religieux et hop l'affaire est dans le sac. Les jeunes mariés peuvent baiser sans que l'on considère ça comme indécent ou comme un viol puisque Dieu est quasiment témoin.

La salade est servie. Le couscous est servi. Les gâteaux et le thé à la menthe et le café. Tout le monde se rassasie. Les gens dansent. Le nouveau marié est assis à côté de la nouvelle mariée. Une vieille choisie pour son expérience se rapproche d'eux, prononce des paroles saintes et installe son attirail sur une table : un œuf de poule, du henné, de l'eau et d'autres trucs encore. La musique s'arrête quelques instants. Les gens observent. Le rituel est beau. On étale du henné frais sur les paumes des mariés qu'on enlace. Des bénédictions sont prononcées. Et la musique repart tout à coup et tout le monde danse de plus belle.

La nuit avance. Il n'y a pas que les jeunes mariés qui appréhendent leur première nuit. Toute la famille est aux aguets car dès le lendemain une petite vérification s'imposera.

La mariée était-elle vierge ? Chez les Arabes, il faut informer tout le monde de la réponse à cette question centrale. Logiquement, si la fille était vierge, la rupture de l'hymen lors du rapport sexuel entre les mariés doit avoir laissé des traces rouges sur les draps. En tout cas, c'est l'intérêt de tous. Au petit matin, dès le lever des mariés, les vieilles sont déjà debout, sur le pied de guerre, et se précipitent dans la chambre. Ouf, l'honneur est sauf, le drap maculé est la preuve de la défloration de la jeune fille. Ce qu'elles ne savent pas, ces vieilles Arabes, c'est qu'un peu de sang d'un quelconque bifteck peut faire l'affaire. D'un autre côté, elles sont tellement peu connes qu'elles ont peut-être elles-mêmes laissé le bifteck dans le frigo. Allez savoir...

La jeune mariée, suivant son degré de soumission, peut entamer sa vie d'épouse classique et tomber enceinte en moins d'un an, en espérant *Inch'Allah!* que ce soit un garçon, ou, parce qu'on est au XXIe siècle, ne pas supporter cette situation ridicule et péter un plomb. Littéralement péter un plomb, ça veut dire disjoncter. Elle pleure toutes les larmes de son corps et demande à ses parents qu'on vienne la chercher. Les pleurs sont tellement lancinants que les parents craquent et viennent à la rescousse de leur fille qui est presque redevenue à leurs yeux un bébé à sauver des griffes du plus méchant loup de la forêt.

Dans le match qui opposait un père et une mère à leur fille, celle-ci vient d'égaliser : 1-1. Le drame des familles arabes, c'est que la souffrance doit atteindre des sommets avant que les parents ne cèdent et en définitive changent leur fusil d'épaule.

Le problème n'est pas que nos parents croient en la famille mais qu'ils s'y raccrochent comme un enfant tient à son doudou. Un comportement puéril mais violent. Un peu comme Christine Boutin. La famille comme dernière valeur de ce monde en déroute. Après la régression religieuse, la religion servant de coagulant social, après la baisse du militantisme politique, la politique pouvant servir de nerf social, après la réduction du nombre d'heures de travail hebdomadaires, le travail étant le muscle social, que reste-t-il ? Du temps dévolu aux loisirs, à la consommation, aux enfants, à l'époux, à l'épouse. Retirez mari, femme et enfants, il reste les loisirs. Que devient une société dont le fonctionnement est fondé uniquement sur les loisirs et la consommation ? C'est la voie ouverte à la déliquescence car, avant et après Bouddha, les êtres humains échouent à renoncer au désir. La place faite au plaisir ferait tomber tous les remparts. Chez l'être humain moyen, c'est la porte ouverte à la destruction. Christine Boutin ne veut pas que sa charpente s'effondre. Elle veut maintenir les contours de son être. La famille est le seul moyen qu'elle et nos parents ont trouvé pour empêcher leur noyau interne d'exploser sous la force centrifuge de la vacuité.

Notre organisation est communautaire. Tribale. L'individu est au service du groupe. Les groupes peuvent être très larges. Il n'est pas rare que des familles contiennent entre cinquante et deux cents membres disséminés sur un périmètre de trente kilomètres. Un bonheur qui découle de la cohésion du groupe, de ses impératifs, de ses désirs, de ses valeurs. Le groupe est soudé, archisoudé. Une complicité fondée sur une disponibilité permanente et le principe de la porte ouverte vingt-quatre heures sur vingt-quatre. Dans un mode de fonctionnement tribal, le principe de la porte ouverte tient une place considérable. Il permet à n'importe quel individu, des amis à la famille, d'entrer chez vous sans frapper car la porte est ouverte. Tout le monde trouve ça normal.

La disponibilité a pour fondement le sens du sacrifice, inculqué très tôt dans l'enfance. Nos mères et leur sens du sacrifice... qu'est-ce qu'elles ne feraient pas pour nous ? Elles se privent de manger, elles se serrent la ceinture pour nous payer nos études, pour nous offrir ce qu'elles n'ont pas eu... elles nous le font bien comprendre. Elles veulent au moins des remerciements. En réalité, elles veulent plus. Tout ça était conditionné. Elles ressemblent à ces commerciaux véreux qui vous font croire qu'ils vous font un cadeau et vous envoient plus tard une facture salée. Le groupe attend toujours que vous le rendiez heureux dans son ensemble. Le bonheur ne se conçoit pas seul. Il est obligatoirement collectif. L'individualisme est une attitude proscrite et diabolisée. Elle est antireligieuse, antitribale. Le bonheur, c'est adhérer aux attentes et désirs du groupe. Vous pouvez ne pas avoir les mêmes mais il faut dans ce cas savoir se taire, savoir se sacrifier.

Nous croyons au sacrifice. Nous devons rendre tous les services possibles et imaginables : accompagner la vieille tante chez son chirurgien à deux cents bornes, aider une voisine à faire ses courses car sa voiture est en réparation, aller chercher le gamin de votre oncle à l'école... et quand vous demandez à vos parents pourquoi les choses se passent comme ça et que vous leur dites que vous en avez marre parce que vous avez travaillé dix heures et que vous êtes naze, ils vous répondent que c'est comme ça.

Mais ils nous ont appris à donner. À trop donner. L'égoïsme des Français nous choque. Eux qui peuvent ne pas héberger leurs parents quand ils viennent leur rendre visite. Qui ne raccompagnent pas leurs amis en voiture à leur domicile quand il est tard. Qui ne font même pas un détour pour leur faciliter la tâche. Qui ne cherchent même pas à rendre service. Non seulement, nous rendons service mais nous pensons à rendre service. Quand personne ne le demande.

Nous vénérons nos parents et notre famille. Notre fidélité est absolue. Si vous dérogez, vous êtes perdu. Littéralement. Personne ne veut plus de vous. On vous abandonne dans la forêt noire car c'est une chose de perdre une personne et c'en est une autre de menacer tout un groupe. Vous devenez une bête blessée que la meute en bonne santé abandonne. Elle ne peut pas s'attarder, parce que sa survie en serait menacée. Lorsque vous vous désolidarisez, vous vous privez du peu de carburant humain que la vie vous avait octroyé. Vous finissez soit sur le trottoir, soit sous terre.

Nos parents nous poursuivent très tard dans la vie. Ils nous jettent des mauvais sorts. Ils nous souhaitent du mal dès que nous faisons des bêtises. Ils nous souhaitent d'avoir des enfants méchants comme nous, ils nous souhaitent de souffrir pour comprendre combien ils souffrent. Ils veulent nous donner de bonnes leçons. Mais ils nous aiment aussi.

Pour nous remettre sur le droit chemin, nos parents sont prêts à tout. Même à faire appel aux lois ultracosmiques, aux incantations, aux fumigations, aux forces des djinns, aux formules magiques. Ils vont voir voyantes, sorcières, marabouts, imams, saints. Tout est bon à prendre quand on a une fille trop volage, un fils désobéissant, quand les mœurs se dissolvent.

Les sorcières se font un plaisir de confirmer le doute. Oui, ce n'est pas sa faute. « Elle est envoûtée. » Et il s'agit de ? « D'une femme jalouse. » Tout s'éclaire. Le bout du tunnel n'est pas loin puisqu'on connaît l'origine des choses. Bien sûr. Il faut agir. Quand l'invisible attaque, il n'y a qu'une réponse. Répondre par l'invisible. Les sorcières ne garantissent pas le résultat. Elles préviennent : « Ça va pas être facile. » L'envoûtement est puissant. Il faut tout défaire. C'est du boulot. Ça demande de revenir plusieurs fois. Ça demande de confectionner des bouts de tissu à cacher sous les matelas, dans les oreillers, dans les doublures des vêtements à l'insu de la personne.

Nos parents sont tellement monstrueux que même morts ils sont encore là. Ils nous ont marqués au fer rouge pour qu'on ne les oublie jamais. Ils nous poursuivent. Ils ne nous lâchent pas. Que nous soyons à New York, à Paris ou à Tokyo. Même quand on a soixante-dix ans, on pense à les rendre fiers de nous. Ils nous ont bien eus. On les aime tellement. On accepte tout d'eux. Même l'humiliation. Même le chantage. Même le marchandage. Ils nous font très tôt comprendre que nous devrions pouvoir mourir pour eux s'il le fallait. Une fidélité envers et contre tout. Nous sommes les nouveaux fils d'Abraham. Les enfants à sacrifier.

L'amour du pauvre. L'amour coupé à la détestation. L'amour tribal. L'amour qui étouffe et qui éloigne. L'amour du «Tu es tout», l'amour du «Tu n'es rien». La valse infernale du «Je t'aime» et du «Je ne t'aime pas». La bise exigée qui «prend» votre énergie et la gifle qui assomme. Les insultes «Tu vas finir comme une pute », « C'est à la rue que tu vas te retrouver », « Continue comme ça et c'est la prison assurée », « Quel avenir ? Tu n'en as pas », « C'est pour vous, pas pour nous », « Vous allez vous en mordre les doigts », « Vous n'avez honte de rien », les pincements, les claques, le martinet, le marteau, les câbles électriques. L'enfermement dans la cave, dans le garage, l'expulsion dans la rue l'hiver... juste pour punir, pour donner une bonne leçon.

Tout le monde est persuadé de s'aimer. Tout le monde s'aime et se déteste. Quand personne ne vous respecte, comment respecter les autres, ses propres enfants ?

En règle générale, après la bataille contre la cigarette, le maquillage, ils acceptent que leurs filles sortent avec leurs copines et rentrent tard, à condition de rester dans les limites du raisonnable (pas plus de minuit). Ils ont parfois accepté qu'elles se marient avec un étranger, un Français ou autre. Tout ça au prix de longues négociations, de disputes, de coups, de menaces. Nos mères se font frapper par nos pères parce qu'elles défendent leurs filles. Finalement, le père, la mère, lâchent un « Faites ce que vous voulez ». En fait, eux-mêmes ne savent même pas contre quoi ils luttent. Pourquoi ils ont usé d'une telle violence. Inconsciemment, ils tentaient de préserver les traditions, les principes, les valeurs du groupe. Ils avaient oublié que nous avons grandi avec d'autres valeurs et qu'ici l'individualisme prime sur le groupe. Ils oublient toujours le conflit de générations. Ils font toujours référence aux ancêtres, à avant. Ils parlent déjà comme des vieux. Ils ne sont pas souples. Horrifiés par la folie, effrayés à l'idée que leur monde éclate. Les années passant, nos parents se sont vachement améliorés. Ils ont fait beaucoup d'efforts sur le plan de la tolérance et de la démocratie. Ces parents, il a fallu les menacer. Il a fallu les malmener, les dompter. Ils ne comprennent rien. Enfin, ils ne comprennent que le langage du «naturel», des traditions. Comment leur expliquer que le naturel d'hier n'est pas celui d'aujourd'hui ?

Finalement on gagne mais on souffre de les avoir rendus malheureux. On souffre de ne pas être aussi dociles que nous l'étions enfants. Nous savons qu'ils paient doublement, triplement. Ils n'avaient que nous. Ils n'ont que nous. Et nous n'avons qu'eux. Nous vénérons nos mères et nos pères. Ils sont TOUT. Plus on vieillit, plus on se rapproche de nos parents.

L'inverse de l'Évangile « Tu quitteras père et mère ». Nous nous sommes d'autant moins éloignés de nos parents que la France nous paraît hostile. Il nous faut rester dans leur giron. Comment naître ? Comment n'être ?

Heureusement, notre grande amie vient nous sauver du naufrage absolu. La télévision est cette grande amie. La télévision a une place centrale dans nos univers. Elle trône. Dans les années 1970 et 1980, il y en avait une seule, en général dans le salon. Le journal de vingt heures est un rituel sacré. Nos grands-pères regardent religieusement ce programme. Nos pères ont leur propre canapé, leur chasse gardée, « Allez, dégage de là » qu'ils nous disent affectueusement lorsque nous occupons leur territoire douillet.

Notre père est le propriétaire exclusif du programme télé. Il le cache dans des endroits multiples et variés car il paraît que nous le perdons toujours, que nous ne le remettons jamais à sa place. Nous râlons car nous aussi nous voulons savoir ce qu'il y a à la télé. Après l'école, c'est notre seul plaisir. Nous cherchons l'heure des dessins animés et puis nous voulons lire l'horoscope pour connaître notre destin de la semaine. Parfois, le père laisse le *Télé Z* sur le buffet de la cuisine. Là, c'est la joie mais il n'est déjà plus à sa place. Très vite, on entend gueuler. Et ça joue des castagnettes toute la soirée pour savoir qui a pris le *Télé Z*.

Le soir, alors que nous regardons en famille le film de vingt heures cinquante, il arrive souvent que les personnages s'embrassent. Nous redoutons ces scènes-là car, dans toute famille arabe qui se respecte, aucun enfant ne peut regarder « ça » en présence de ses parents.

Nous prenons donc la poudre d'escampette soit en nous esclaffant, soit agacés de ne plus pouvoir suivre le film. Nos parents aussi sont gênés mais eux continuent de regarder. Parfois, pour éviter de nous incommoder, notre père change de chaîne mais ce n'est pas toujours le cas. Le plus souvent, les enfants se réfugient dans la cuisine en attendant que la scène se termine. Un émissaire est envoyé pour s'assurer que la scène du baiser ne se reproduise pas dans les cinq secondes qui suivent et surtout pour veiller à ce qu'elle n'annonce pas une scène plus osée qui, pour le coup, nous mettrait sacrément dans l'embarras. Discrètement, si tout va bien, nous réintégrons nos canapés, légèrement confus. Nous savons nous faire tout petits.

Parfois, nos pères nous chassent et nous somment d'aller au lit. Parfois, nos mamans réitèrent l'ordre de leurs voix si douces et nous demandent d'aller nous coucher.

Dans les années 1990, les télés font des clones. Une dans la cuisine en 1995 et une nouvelle dans une chambre ou deux en 1998. Ça arrange tout le monde.

Nous lui devons tout à la télé. Elle est celle qui éduque nos parents, leur montre le monde mieux que nous ne saurions le faire. Ils peuvent voyager, découvrir les autres cultures et surtout connaître le mode de vie du Français et ses mœurs. Ben oui, puisque personne ne leur apprend. Les voisins ne les invitent pas pour l'apéro ou pour un dîner même si, nous, ça ne nous dérange pas d'apporter un petit plat de couscous pendant le ramadan, des gâteaux, un petit tagine. Pour être franc, vos spécialités régionales vous ne nous les avez jamais fait goûter, genre une choucroute sans porc, une tourte aux oignons, une brioche comme à Besse-en-Chandesse, un filet de brochet à la dijonnaise, du poulet à la champenoise, une croustade languedocienne...

La télévision nous envoûte, elle prend de la place, elle bouffe notre temps mais elle nous fait rêver, elle nous sort de l'ennui, elle nous donne des sujets de conversation, elle comble nos lacunes. Chapeau la télé, elle est la grande pédagogue, celle qui nous a tout appris de la vision occidentale des rapports humains. Celle qui a donné à nos parents des notions de libertinage (*Les Feux de l'amour*), des notions de capitalisme (*Dallas*, *Dynastie*), des notions de christianisme (*La Petite Maison dans la prairie*), des notions de démocratie (pas de programme sur la question).

Elle nous fait rire, elle réintroduit du sens dans notre univers, elle devient une amie.

L'amie française dont nous rêvions, qui nous apprendrait des choses sur le monde, sur la vie. Car notre monde est triste et ennuyeux, dépassionné. Notre monde est un monde de poésie et de chansons tristes que nos parents écoutent en boucle du matin au soir et qu'on ne peut pas entendre sans avoir une boule dans la gorge.

Nos parents, eux, nous ont si peu appris. Ils savent des choses sur leur pays, sur leur histoire, sur leurs parents, sur leurs ancêtres. À l'évidence. Mais ils ne nous ont rien donné. Ils ne nous ont pas transmis leur culture en dehors de leurs chansons tristes, du couscous et de leurs gâteaux au miel. Ils nous ont bercés de chansons tristes. Mais mieux vaut des chansons tristes que pas de chansons du tout. C'est vrai. Ils nous ont à peine appris leur langue. Ils nous ont offert des miettes. «Ils» «ne» «nous». Ce n'est pas une volonté délibérée d'eux vers nous. On les a obligés à tronçonner leur vécu. À le découper en morceaux. À ne retenir que certains événements. Comme s'ils avaient subi un lavage de cerveau. Comme dans certains films où des extraterrestres ou des gens ultraméchants effacent de votre mémoire des choses, transforment vos sentiments. Soit vous affichez un sourire béat, soit vous vous murez dans le silence. On sait qu'on leur a fait quelque chose, qu'ils ne sont plus eux-mêmes. C'est très angoissant. Nos parents ne sont plus eux-mêmes. Comment expliquer ce silence ? Eux-mêmes ne savaient pas ce qu'ils faisaient. Ils ont été poussés à se taire, à vivre sur la pointe des pieds, à occuper une place réduite.

Apprendre, apprendre pour un enfant, c'est un apprentissage. Apprendre à apprendre. Quand apprendre devient un ordre parental et sociétal, soutenu par rien, rien du tout de l'ordre de la curiosité, de la passion, du désir, l'ignorance s'installe. Elle est une bouée de sauvetage dans un univers déshumanisé, compliqué. La *tabula rasa* du bébé reprend ses droits.

La transmission, c'est de la substance, c'est du terreau. C'est de la chair. C'est de la vie. C'est de l'eau et du soleil. Les parents qui ne transmettent pas sont des parents morts. Ils peuvent avoir été tués. Ils peuvent être secs de ne pas avoir été nourris. Comme du bois mort.

À l'origine, vous êtes une petite graine. Pour que votre graine s'épanouisse, il lui faut du terreau, de l'eau et du soleil. Après elle peut grandir, même dans les pires conditions, mais il ne faut pas louper le coche au départ : du terreau, de l'eau et du soleil. Si on met du ciment à la place du terreau, ce qui arrive fréquemment, les graines humaines étouffent.

À l'intérieur du corps humain, il y a un autre être dans lequel circule la substance, le sang de l'âme. La vôtre et pas celle d'un autre. En grandissant physiquement, cet être est également censé se développer, nourri par la transmission, les mots aimants, la tendresse, les valeurs, le passé... des choses qui ont de la chair et qui, pour l'âme, représentent une nourriture de qualité. Quand vos parents vous alimentent principalement avec des désirs mécaniques et des injonctions, ce qu'ils croient être de l'éducation, cela revient à nourrir l'âme avec de la ferraille. L'âme n'est pas faite pour la ferraille. Et littéralement, votre âme est rachitique, vous vous déchirez les entrailles psychiques, vous vous videz de votre substance, vous n'avez plus de force et, de surcroît, le métal vous a intoxiqué.

Nous luttons contre le savoir. Nous ne pouvons pas lire. Le savoir qu'on veut nous infliger, que la société veut nous faire boire. Jusqu'à la lie. Nous sommes tellement intoxiqués de savoir que nous n'en voulons plus. Nous voulons qu'on nous fiche la paix. Que ces mots restent où ils sont. Que ces idées ne nous polluent pas. Que personne ne vienne nous faire chier. Nous ne pouvons pas ouvrir un magazine ou un livre. C'est trop violent. Viol de notre conscience. Nous voulons rester un peu libres. Fixer du regard les choses, les gens. Les mater. Nous reposer. À notre naissance, c'était déjà trop.

Nous sommes PLEINS, pleins de trucs dont nous ne voulons pas, qui appartiennent aux autres, que nous rejetons avec violence, et VIDES de nous vider.

Nos parents : « Apprenez le français, apprenez à l'école, c'est comme ça que vous vous en sortirez, pour nous, c'est fini, c'est à vous qu'on pense. »

« Apprenez l'arabe, allez à l'école coranique, pour qu'on ne se moque pas de vous quand vous irez en vacances dans votre pays, qu'on ne dise pas "Ces immigrés, regardez, ils connaissent rien". »

Les mercredis, nos parents nous forcent donc à nous rendre à l'école coranique ou à l'école d'arabe pour connaître notre langue qu'ils disent, notre culture. Parfois, nous leur faisons croire que nous y allons mais nous empruntons un autre chemin, nous traînons dans une autre cité. Le plus souvent nous y allons. Nous espérons très fort que le prof meure ce jour-là pour ne pas avoir classe et profiter de notre mercredi ou de notre samedi. Il ne meurt pas. Il nous tape sur les doigts quand on ne connaît pas les réponses.

Des années plus tard vient le jour où certains d'entre nous empruntent le chemin de la faculté. Beaucoup n'ont néanmoins jamais entendu parler d'hypokhâgne, des prépas. Il faut partir pour la fac. Nos parents hésitent à laisser partir les filles, surtout. Mais au fond ils sont fiers car ils valorisent les études. C'est la consécration. C'est le fruit de tous les efforts et de toutes les privations. C'était le but de leur vie : que leurs enfants accèdent aux arcanes de la connaissance et du pouvoir. Ils ne le disent pas, ils arrivent même à nous convaincre qu'ils ne nous demandent rien, qu'on doit faire ça pour nous. Mais leur rêve secret est de voir leurs enfants sauver leur honneur, leur honneur à eux, blessé. Les voir prouver à la France qu'ils n'étaient pas des « moins que rien » puisque leurs enfants ont réussi.

Il a fallu s'inscrire en résidence universitaire. Remplir un dossier de bourse. Puis s'inscrire à la fac. Lorsqu'on n'a pas eu la chance d'accéder à une résidence pour étudiants, une chambre de neuf mètres carrés, il faut chercher une pièce, un studio ou une colocation. Et nous revoilà en périphérie des villes, à nouveau dans les cités. On se sent de toute façon à la maison. Et on mange des sandwiches, des salades de tomates et du maïs en boîte. On crève la faim mais si on veut prendre un verre avec les copains et copines, acheter nos clopes, on ne peut pas faire autrement. Nous ne sommes pas dans les années 1960. Nous sommes dans les années 1990 et les années 2000.

Plutôt que nous porter, les rêves grandioses de nos parents, villas aux quatre coins du monde, argent à foison, nous accablent. Vous savez pourquoi ? Nous savons que nous ne franchirons jamais une certaine ligne. Des personnes malignes se sont arrangées pour que nous ne connaissions jamais les codes de la réussite. Et si jamais des petits salauds de fils d'immigrés déjouaient les pièges, et il y en a, de nouveaux barbelés, de nouvelles bombes les attendent pour que jamais ils ne dépassent le niveau de revenus des classes moyennes.

Les Français ont des trampolines. Les riches. Ils font de grands bonds. Nous, la plupart, reposons sur un terrain marécageux. On s'enfonce. Les mieux lotis reposent sur la terre ferme. Pour faire des bonds, c'est pas top.

Mais on ne représente aucune menace. Vous vous êtes arrangés pour que ce ne soit pas le cas.

Nous sommes à l'école des pauvres. L'école des pauvres : peu de moyens, trop d'élèves. Les locaux : trop moches.

Les profs des pauvres : peu de profs, peu de passion.

Les élèves : peu de chair intérieure, trop de peurs, trop de violence.

L'échec ou la réussite se jouent à peu et à trop. PEU et TROP. Le nombre d'élèves dans les classes, l'instruction, l'argent, la confiance, les codes.

Un peu moins d'élèves, un peu plus de moyens. Voilà le respect. Voilà la normalité.

Vous n'avez pas compris que vous êtes responsables. Vous n'avez pas compris qu'en voyant la souffrance de nos parents, nous nous sommes retournés contre vous et que, malheureusement, nous avons rejeté vos principes, vos valeurs, vos traditions, votre peuple, votre culture. Les pauvres ont du mal avec la culture, ils la croient bourgeoise, ils se raccrochent aux objets brillants, rutilants. Certains d'entre nous ont pris le chemin de la mosquée, le chemin de la religion. Vous n'imaginez pas combien la religion sait coller les morceaux épars et maintenir l'illusion de la cohérence, l'illusion de l'unité. Vous êtes responsables de ce retranchement irrationnel. Nous écoutons l'imam prononcer ses discours, louer Dieu. Nous devenons plus sereins. Nous pensons que c'est la voie. Nous avons un cadre. Nous avons construit un barrage autour de nos âmes suintantes. Tout va mieux en apparence. Et ce mieux-être, nous croyons que c'est la clé. Que là réside la réponse. Alors que le mal est ailleurs.

Nous nous raccrochons à l'islam car nous sommes fidèles à nos parents, que nous décevons si souvent. Dire que l'on croit et finir par croire que l'on croit nous coûte moins que leur obéir. Nous croyons en l'au-delà. Nous voulons y croire. Croire que la justice sera rétablie. Que les mauvais paieront, que les bons seront récompensés. Nos parents nous enseignent très jeunes quoi dire au moment de mourir : « *La ilaha illa Allah, Mohamed Rassoul Allah* » (« Il n'y a de dieu que Dieu, Mahomet est son messager »). Une phrase indispensable à prononcer si possible l'index sur la bouche. Elle nous assure l'entrée au royaume des cieux ou nous permet au moins de franchir une étape vers le Paradis. Nos parents nous enseignent aussi qu'une vie pure peut être irrémédiablement gâchée par une seule mauvaise action accomplie avant de mourir et nous valoir l'Enfer. À l'inverse, un être impur peut aller directement au royaume de Dieu pour peu qu'il prononce un repentir sincère à la fin de sa vie.

Notre religion est particulière. Dieu ne se livre pas à une comptabilité d'apothicaire. C'est plus complexe, plus subtil. Ainsi, nous devons rester vigilants tout le temps. Nous ne pouvons pas nous reposer sur nos lauriers. La conscience du bien est un exercice, une discipline de tous les jours.

Nous nous accrochons à notre religion car elle est le deuxième élément sacré de notre existence après nos bébés. Elle reste un idéal pur, intouchable, qui nous relie au meilleur de nos parents. L'être humain a besoin de sacré et de transcendance. Ce sacré passe par une fidélité parentale. Ne nous retirez pas ça, vous nous priveriez de ce qui nous rend cohérents. Si vous critiquez notre religion, si vous la caricaturez, nous nous mettrons en rage car vous nous amputeriez de quelque chose de vital, comme nos poumons. Sans elle, nous ne respirons pas. Elle nous est devenue indispensable. Même si nous ne pratiquons pas ou peu.

Nous accomplissons le minimum syndical pour Dieu mais ce minimum a de la valeur. Croire est déjà un acte essentiel, crucial. Notre croyance en Dieu et en son prophète est comparable à notre croyance en nos parents. La vénération est presque la même. Nous nous en défendons car notre religion nous demande d'aimer Dieu par-dessus tout. Plus même que nos parents. C'est l'Être number one.

Nous avons conservé les superstitions de nos parents. Sans savoir pourquoi. Nous ne croisons pas les mains derrière le dos. Nous ne sifflons pas la nuit. Pourquoi on ne croise pas les mains derrière le dos ? Pourquoi on ne siffle pas la nuit ? Les réponses sont évasives. Il est plus prudent de ne pas réveiller les démons. Le simple fait d'en parler peut les attirer à soi.

Peut-être. Il ne s'agit pas de discuter. C'est comme ça. Même vos superstitions, nous les avons adoptées. Elles ont trouvé naturellement leur place dans nos existences, plus facilement que le reste. La superstition est peut-être la religion naturelle. Le pain doit rester à l'endroit. On ne passe pas sous une échelle. On ne tue jamais une araignée. Nos grands-mères nous apprennent à les attraper avec la main ou un balai et à les envoyer voir ailleurs. Quand on fait tomber des couverts, on se dit qu'on va recevoir de la visite dans la journée. On déteste rêver de dents, surtout quand elles tombent, le présage est trop funeste. On cherche des trèfles à quatre feuilles avec une infinie patience et on les conserve entre les pages d'un livre.

Nos grands-mères, nos grands-pères et nos parents prient. Il y a des exceptions. Il arrive que nos mères ne se mettent à prier que vers quarante ou cinquante ans, car la mort approche et leurs questions sont toujours sans réponses. Nos pères peuvent ne jamais prier et pourtant croire très fort en Dieu. Ils sacrifient au rituel de la prière cinq fois par jour. Ils prennent leurs petits tapis qu'ils déploient vers l'est et se mettent à chuchoter en accomplissant des gestes bizarres. Ils se lèvent. Ils se baissent. Ils plient les genoux. Ils posent le front sur le sol. Se relèvent. Accroupis, ils posent les mains sur leurs cuisses et l'on peut observer un index qui s'agite. Des paroles que nous ne comprenons pas. Régulièrement, on entend les mots «*Allah ouakbar*». Nous avons interdiction de passer devant eux. Nous aimerions bien braver l'interdit, juste pour voir ce qu'il adviendrait. Parfois, nous oublions qu'ils sont là et qu'ils prient, et nous franchissons ce lien entre Allah et eux. Il ne se produit rien. Dieu ne se manifeste pas.

Nous vivons en communauté. Il y a régulièrement des morts. Nous allons voir les morts de la famille, des voisins, des amis, des amis d'amis, des voisins du village d'Algérie, des gens du village d'à côté. Nous nous y rendons. Nous ne pouvons pas faire autrement. Ce serait un sacrilège de ne pas y aller. Peut-être y va-t-on pour éloigner notre propre mort et celle de nos proches. La mort nous imprègne. La mort, nous la détestons. Elle est là tout le temps. Plus que pour la moyenne des Français. Nous sommes au coude à coude comme en temps de guerre. Sauf qu'il n'y a pas la guerre.

Tout le monde pleure pendant la veillée funèbre, des larmes abondantes ou discrètes. La maison ou l'appartement est plein à craquer. Les gens parlent avec gravité. Le cercueil trône dans le salon. On passe devant, on regarde. On dit toujours qu'on a l'impression qu'il dort. Que, vraiment, on ne dirait pas que c'est un mort. On se rassure comme on peut. On mange un couscous. Le lendemain, on suit le corps enfermé dans une camionnette qu'on voit s'élancer sur la nationale. Direction l'aéroport. Direction le bled. Nous serons tous enterrés au bled. Vous savez comment on trouve l'argent pour le voyage, les frais divers et tout ? Grâce à l'islam, grâce à un système qui vous oblige à payer tous les ans une certaine somme à la mosquée, à la communauté, une somme qui varie en fonction du nombre d'enfants. Ce sont les parents qui paient. Cet argent sert à financer le voyage des morts. Tout le monde paie car tout le monde sait qu'un jour il mourra et qu'un jour sa famille aura besoin de l'argent des autres pour que son corps soit transporté quelque part. Nos parents évitent de nous parler de tout ça.

Lorsque l'on commence à travailler, ils ne nous demandent pas de payer comme eux le font. Une certaine pudeur. Une peur de nous dire que la mort rôde toujours.

Au bout de quarante ou cinquante ans, nos parents finissent par ne plus vouloir aller dans les hôpitaux. Ils restent de moins en moins longtemps dans les chambres des malades. Ils se traînent aux veillées. L'angoisse de mort les étreint tellement qu'ils deviennent hypocondriaques.

Après quarante ans, plus rien n'est possible et le vrai choc arrive à cinquante ans. La descente aux enfers est amorcée. Le retour de bâton d'une vie inerte et infructueuse. Personne n'a mûri.

Nos parents ne sont pas heureux. Ils ont renoncé depuis longtemps au bonheur. La seule chose qu'ils souhaitent, c'est la santé. Ils ne veulent rien d'autre. Juste la santé. Pour ne pas descendre trop bas dans le manque de dignité. Sauf que, même la santé, ils ne l'ont pas.

Nous allons toutes les semaines chez le médecin. Nous allons une fois tous les deux mois dans un service d'urgence des hôpitaux. Nos symptômes sont multiformes. Ils rusent d'ingéniosité de mois en mois. Nos commodes et nos pharmacies sont pleines à craquer de médicaments en tout genre. Toutes nos mères obtiendraient haut la main leur doctorat en pharmacie. Elles servent l'idéologie médicale à merveille. «Tu as mal au ventre, allez prends un Spasfon», «T'as encore mal à la tête? Prends 1000 mg de Doliprane, parce que 500 mg, ça ne suffit pas.»

Si on est responsable à nous tout seuls de la moitié du déficit de la Sécu (sans blague, *noua culpa*), on est aussi responsable de l'enrichissement des pharmaciens de quartier, des spécialistes... qui deviennent millionnaires quand ils ont la chance d'habiter dans des villes riches en immigrés.

Nos mères ont des migraines assommantes; elles se mettent sur la tête des foulards imbibés de vinaigre ou d'eau de Cologne à la lavande pour calmer les crises. Elles ont mal aux jambes; elles les surélèvent pour dormir. Elles ont des palpitations. Elles ont des maladies auto-immunes. Elles ont des nausées. Elles ont des remontées acides. Elles ont des vertiges. Elles ont des varices. Elles ont des hémorroïdes. On voudrait trouver des causes psychologiques à tout ça, les secouer pour leur remettre le cerveau en place. Vous ne pouvez pas imaginer comme on est méchants avec elles. On n'a aucune indulgence. Elles ne comprennent pas. Elles nous accusent d'être des enfants ingrats.

Nos mères voguent entre deux rives. Elles sont dans la culture du doute, de l'entre-deux. Elles n'ont pas les pieds sur la terre ferme. Elles sont restées sur la Méditerranée entre Alger et Marseille, elles nagent. Mais elles ne savent pas nager. Elles se sont donc noyées. Mais elles sont encore vivantes. Elles ont très peur de l'eau.

Jusqu'où remonter pour donner un sens à nos symptômes inexplicables ? On croyait être allé très loin en faisant remonter la cause de nos souffrances et de nos carences d'adulte à l'enfance ou à la vie intra-utérine. Mais il faut, à l'évidence, pousser encore plus haut, transversalement, sur un axe extra-individuel, où les événements, l'Histoire avec son grand H, nous contraignent et nous disloquent. L'Histoire qui, à la façon d'un tsunami, nous submerge et nous déplace, loin, parmi les débris. Nous avons un bout de tôle dans le ventre, un autre dans le cœur, de la boue dans le nez.

Les Français arrivent en Algérie en 1830.

En 1840, sous le commandement du gouverneur de la colonie, le général Thomas Bugeaud, une guerre totale démarre dont le but avoué est de détruire la «nationalité arabe», de parvenir à une «domination absolue» et à une «soumission du pays».

Entre 1830 et 1870, la démographie algérienne chute de façon spectaculaire. Le tiers de la population algérienne disparaît et passe de trois millions à deux millions. Un million d'autochtones, principalement des victimes civiles, ont été exterminés. (Petit rappel historique : le nombre de morts français à l'issue de la Seconde Guerre mondiale s'élevait à six cent mille.)

Au massacre humain s'ajoutent les déportations de populations, le pillage des récoltes et du bétail, les confiscations de terres, les destructions de vergers, le rapt des femmes et des enfants, les internements, les tortures, les enfumades, les mutilations, les pillages, la destruction des villes, des villages et des cultures, les regroupements forcés, la déculturation systématique et progressive. Bref, le b.a.-ba de la barbarie.

Cent années passent...

Nos grands-parents débarquent dans un premier temps après la Seconde Guerre mondiale pour participer à la reconstruction de la France, parmi un million de Nord-Africains. Il y a eu ensuite une deuxième vague après l'indépendance. L'Algérie donne à la France ses enfants pour réduire son taux de chômage, qui atteint des sommets. Elle les donne comme une pauvre mère philippine donne une de ses filles aux rues de Manille. Le cadre n'est pas idyllique, on n'est pas fier mais on pense que c'est pour la bonne cause. L'avenir sera peut-être meilleur. C'est une bouche de moins à nourrir. Ils pourront renflouer l'économie du pays avec les devises gagnées ailleurs. C'est un peu la stratégie, pour la France et l'Algérie, du gagnant-gagnant. Mais elles ont oublié qu'il s'agissait d'êtres humains, à la base. Elles ne pensaient pas au heurt, au choc quasi hypothermique. Et puis elles ont oublié les enfants. Et le passé colonial si récent, la guerre pour l'indépendance.

Des recruteurs sont donc chargés de sillonner l'Algérie en quête de péquenots qui acceptent d'aller en France. Une fois là-bas, on les entasse dans des baraquements, ils sont vingt bonshommes par pièce de vingt mètres carrés. Pendant ce temps, les mères élèvent les enfants dans les montagnes. Les familles, femmes et enfants, sont restées au bled. Les pères deviennent bergers, ils ont plus de complicités avec leurs chèvres qu'avec leur mère ou leurs frères et sœurs.

L'Amicale des Algériens est créée en France pour rappeler à tous les Algériens qu'ils ne sont que de passage. En transit. Juste pour leurs bras et leur absence de cervelle. Qu'ils aient une famille, des rêves, des projets, on s'en contrebalance. Un peu comme quand un homme propose une rencontre à une femme, mais juste pour un plan, juste pour tirer un coup. Elle, elle pense qu'il y a des sentiments derrière. Eh bien non. C'est humiliant.

Puis, il y a l'heureuse initiative de Valéry Giscard d'Estaing avec la loi sur le regroupement familial. Voilà, la marmaille peut débarquer. Combien ? Combien de personnes ? Combien de pauvres ?

Ils ne le savaient pas mais à la pauvreté allait s'ajouter la misère morale. Car la vie en France, pour un immigré, c'était travail et privation. En pleines Trente Glorieuses. En pleine période de croissance. C'étaient les pommes coupées en quatre. C'était, pour les enfants, en plus de l'école, s'occuper des chèvres, des lapins, des poules. Rentrer le charbon. C'était surtout le silence. Le catimini. L'« entre parenthèses » de soi. Le moins de vagues. Nos grands-parents et nos parents sont timides et peureux à la fois : les qualités requises de tout bon soumis, de tout bon colonisé, de tout bon prétendant au viol. Nous sommes des parias. Nous le savons. Nous nous mettons de côté. Les Algériens qui vivent en France sont dociles. Respect pour l'autorité, respect, monsieur le Maire, respect monsieur le Président.

Le problème de nos parents, c'est qu'ils ne sont pas vraiment politisés et ils ne nous ont pas appris à l'être. Ils sont de gauche à l'évidence. Ils ont toujours eu un faible pour Mitterrand. Demandez aux Arabes : Mitterrand, c'est leur préféré. Mais ils aiment aussi beaucoup Chirac. Ils ont aimé Giscard d'Estaing. Ils ont une affection particulière pour les dirigeants. Ça impose le respect. Nos parents, ce sont des suiveurs. De gentilles personnes qui deviennent la proie facile des dictateurs. Ils ont si peu de repères qu'ils n'ont pas le choix : ils se soumettent à l'autorité du plus fort, parce qu'une autorité, c'est une voix et une voie.

Ils se révoltent seulement quand ils approchent de l'extinction. Ils réagissent quand les intérêts des autres musulmans sont menacés, quand les droits des autres musulmans sont bafoués. Ils s'emportent. Ils invectivent. Ils ont des jugements à l'emporte-pièce. C'est vrai, ils n'aiment pas le gouvernement israélien, ils n'aiment pas le gouvernement américain. Pour eux, les États-Unis sont le symbole d'un Occident égoïste qui se contredit sans vergogne. Ils ne comprennent pas comment ils peuvent prétendre porter très haut le flambeau de la démocratie et, dans le même temps, soutenir des dictatures ou des régimes corrompus qui pratiquent la torture. Un jour, on soutient

Saddam Hussein, on est ami avec lui en dépit de ses tueries ou de sa guerre contre l'Iran. Et le lendemain, il devient l'ennemi numéro un. La démocratie s'abat sur l'Irak, libère le Koweït et tue accessoirement quelques dizaines de milliers de civils. Les États-Unis pleurent le sort des bébés qui meurent de faim à travers le monde mais n'hésitent pas à mettre en place des embargos qui feront souffrir des millions de gens. Ils envoient des millions de dollars aux pauvres pays touchés par des catastrophes naturelles et refusent de signer le protocole de Kyoto qui retarderait les inévitables cataclysmes dus à un dérèglement climatique dont ils sont grandement responsables. Les États-Unis ont préféré endosser le rôle de la mauvaise mère, envahissante et castratrice. Nul doute que les enfants abusés finissent par la rejeter ou par vouloir la tuer.

Nos parents piquent leur coup de gueule, c'est sûr. Ils se servent des mauvaises nouvelles de l'actualité pour se dire que le monde est sur une mauvaise pente : tremblements de terre, incendies, inondations, canicule, sécheresse, grand froid... Pour eux, vraiment, tout va mal. C'est le début de la fin. Ils nous ressortent de vieilles prophéties d'on ne sait où : « Quand les femmes auront les cheveux courts, lorsqu'elles n'obéiront plus à leurs maris... », alors l'apocalypse viendra. Ils sont convaincus que la fin du monde est imminente. Que le monde est mal barré. Que tout va sauter. Ils guettent le moindre signe annonciateur. La chute les attire et les terrifie. Ils souhaitent inconsciemment que ça pète. Tout ça sent l'angoisse de mort à plein nez. Ils projettent toutes leurs peurs sur leur environnement, sur nous, sur eux. Ils brandissent la menace de l'apocalypse, comme si ça les arrangeait, au fond, que le monde disparaisse, que leur monde s'éteigne, que leur souffrance cesse.

Nos parents ne sont pas vraiment politiques. Ça ne les concerne pas. Ils sont désengagés. Les choses se passent. Ils n'ont pas de cartes d'identité française mais des cartes de séjour. Ils ont des cartes de résidence. La politique française, c'est un autre monde. Mais quand même. Ils auraient pu nous raconter ce que les Français ont fait en Algérie. Comment ça se passait quand les Français étaient là-bas, et même avant qu'ils ne débarquent et puis après aussi. Ils ne nous ont rien dit. Ils savent des trucs qu'ils préfèrent taire. Ça doit être ça.

Ils ne connaissent pas la différence entre les partis. Ils sentent juste que certains leur sont moins défavorables. Nos parents regardent les hommes politiques à la télé pour rire. Ils ne comprennent rien, comme nous, mais leurs trombines les amusent. Le Pen est à ce propos absolument burlesque. On l'adore. Le personnage nous fascine. On le trouverait presque sympathique si on ne nous avait pas dit qu'il était dangereux. On tombe toujours dans le panneau. Son bagout, ses joues roses, sa façon de parler comme s'il avait la bouche pleine, tout ça nous rend hilares et nous regardons avec plaisir ses passages télévisés. Bien sûr, maintenant, on sait que s'il prend le pouvoir en France, ce sera fini pour nous. *Adios amigos.*

Être arabe ne nous protège pas de la méchanceté des autres. Nous ne nous méfions pas. Nous sommes confiants. L'univers ne nous est pas hostile au départ. C'est pour ça qu'on se fait abuser facilement. C'est pour ça que nos passages à l'acte ressemblent à des revanches ; le sentiment de trahison a atteint des sommets. Nos mères nous embrassent, nous chouchoutent... Nous ne savons pas où est la limite entre nous et les autres. Il n'y a plus de frontières. L'Autre est Moi aussi. Et comme je ne veux pas de mal, l'autre ne m'en veut pas non plus. Mais c'est une illusion. Une erreur cognitive et émotionnelle.

Avez-vous constaté combien nous aimons nous faire remarquer ? Nous ne le faisons pas toujours exprès. C'est vrai, parfois on abuse. On fait exprès, pour vous faire chier. Pour faire chier le monde. On crie. On fume du shit, de l'herbe ou on fume tout court dans les métros, au fond des bus. On fout la musique à fond. On s'en branle complètement de votre point de vue. Au contraire, plus vous contesterez, plus on se sentira agressés et plus on vous demandera ce que vous avez, si vous avez un problème, parce que si vous avez un problème, vous allez nous trouver.

On cherche juste à se faire remarquer. Simplement parce que nous souffrons de manque d'attention depuis longtemps. C'est élémentaire. Nous cherchons à attirer votre attention.

Comme des enfants hyperactifs. Il y a un message derrière. Le saisissez-vous ?

Notre air frondeur, nous l'avons développé comme une défense, comme une plante ou un animal développerait des épines ou des cornes pour empêcher les vilains insectes de le bouffer. Le monde extérieur nous effraie. Le monde extérieur, c'est le père. Nos pères sont en situation d'échec. Ils le ressentent dans leurs cellules. Ils écrivent mal le français. Ils ne travaillent plus ou alors pour une misère. Ils ne décodent pas le monde qui les entoure. Ils rêvaient d'une autre vie en France. Une vie différente, moins lourde. Notre vision du monde se fait à travers les yeux de nos pères. Le monde à travers leurs yeux est dangereux. Nous préférons le monde de la mère, son corps, son sein. Se cultiver implique de sortir du corps de la mère pour aller à la rencontre de l'autre, du différent. La mère ne peut que nourrir. La mère nourricière fait survivre. La culture vient quand on a dépassé le stade de la survie. Le pauvre concentre son énergie sur « se nourrir », « se vêtir » et « avoir un toit », et les mille et une activités qui lui permettent de subvenir à ses besoins fondamentaux. Il ne sert à rien de faire descendre la culture du haut vers le bas. La culture n'est pas en haut. Elle n'est pas en bas. Elle n'a ni haut ni bas. Elle n'est la propriété de personne. La culture, ce sera toujours à l'individu d'aller la chercher; l'effort qu'elle exige de lui pour se laisser conquérir l'oblige à s'oublier et ainsi il peut accéder au monde. Et le meilleur moyen de s'oublier, c'est de ne plus avoir faim, de ne plus avoir froid et de ne plus être dans le besoin. Le pauvre est trop concerné par lui-même et trop préoccupé par ses besoins vitaux.

Le manque au sens large, notamment d'argent, est inhibiteur. Le vide est comblé par la télévision, l'alcool ou le cannabis. Vous pouvez inonder une maison d'arrêt pour délinquants des plus belles œuvres musicales classiques, leur conseiller les plus beaux romans... rien n'y fera. Nous resterons insensibles. Non pas parce que nous sommes cons mais parce que personne ne nous a appris à orienter notre désir vers la connaissance du monde. Notre désir est plus prosaïque et plus circonscrit. Nous avons la tête tournée vers le sein de maman. La faute à qui ? À nos parents tristes et paumés. À nos immeubles laids. Au passé. Aux politiques. Et à tout le reste. Si seulement vous aviez éduqué, formé nos parents et nos grands-parents au lieu de les laisser baragouiner le français de leurs collègues mineurs comme des hommes préhistoriques dans une grotte balbutiant des mots autour d'un feu.

Il n'y a pas de discours, il n'y pas de revendication car il n'y a pas de mots. Notre monde, c'est la désertion du langage. C'est la désertion de la connaissance. C'est la désertion du monde extérieur. Désertion, désert, *deserere*, «se séparer de», «abandonner». Nous baissons les bras face au monde. Il ne nous comprend pas, il nous fait peur. Nous avons plus de peurs que vous. Le seul refuge : le groupe.

La singularité, l'individualité, l'expression personnelle restent de simples concepts quand il n'y a pas de construction de l'être. Le seul refuge : l'uniforme. Nous nous ressemblons terriblement, sur un plan vestimentaire, alimentaire, linguistique, culturel...

Si nous nous estimons parfois aux antipodes de nos parents question personnalité, au fond, nous avons un gros point commun avec nos mères, qui sont toutes pareilles, elles sont toutes mères de famille, et puis nous avons un gros point commun avec nos pères, qui sont tous pareils, qui sont tous des ONQ (ouvriers non qualifiés), et puis nous avons un gros point commun avec nos grands-pères, qui sont tous pareils, qui étaient tous des ONQ, dans les chemins de fer, la sidérurgie, la métallurgie, l'automobile, les mines... L'uniformité, c'est un héritage de famille, de génération. Le mot exact serait d'ailleurs plutôt uniformisation.

Nous, les petits casseurs et les petits tagueurs de banlieue, qui commettons de petits délits, sommes des feux follets. Nous exprimons un millionième de la violence reçue. Il ne s'agit pas d'accepter. Il ne s'agit pas de justifier. Il faut voir la violence, son origine. Nos vies sont des problèmes qui se mordent la queue : pas de république ? pas de fraternité. Pas de fraternité ? pas d'accueil. Pas d'accueil ? pas d'appartenance. Pas d'appartenance ? pas d'identité. Pas d'identité ? pas de transmission. Pas de transmission ? pas de langage. Pas de langage ? pas d'école. Pas d'école ? pas de formation. Pas de formation ? pas de métier. Pas de métier ? pas d'argent. Pas d'argent ? pas d'appartement. Pas d'appartement ? pas de point de départ. Pas de point de départ ? pas de sens. Pas de sens ? pas de valeurs. Pas de valeurs ? pas de république...

Nous savons que vous nous considérez comme un problème. Nous savons que le problème de l'immigration et celui des banlieues vous enquiquinent car il s'agit de nous. Nous savons que vous associez insécurité à Arabes et Blacks.

C'est bien fait pour nous si on est en prison ou si on ne travaille pas ou si on a un travail qui ne correspond pas à notre formation ? Nous n'avions qu'à pas avoir les parents qu'on a ? Nous n'avions qu'à mieux réussir à l'école ? Nous n'avions qu'à mieux aimer l'école ? Nous n'avions qu'à mieux nous tenir en classe ? Nous n'avions qu'à être moins violents ? Nous n'avions qu'à avoir de l'argent pour aller dans les grandes écoles loin de chez nous ? Nous n'avions qu'à manger tous les jours sainement pour bénéficier d'un métabolisme équilibré et être moins agressifs ? Nous n'avions qu'à être chrétiens ? Nous n'avions qu'à pas grandir dans des immeubles pourris ? Nous n'avions qu'à ouvrir un livre ? Nous n'avions qu'à pas venir en France ? Nous n'avions qu'à pas naître ici ?

Nous n'avions qu'à partir si nous ne sommes pas contents ?

Soixante-trois pour cent d'entre vous estiment que les étrangers sont trop nombreux en

France. Comptez-vous dans les étrangers les entreprises étrangères ? Si vous aviez la possibilité de renvoyer les étrangers qui prennent des emplois en France, renverriez-vous aussi les entreprises étrangères (ou qui possèdent des capitaux étrangers) qui emploient des milliers de Français ? Jusqu'où iriez-vous dans ce rejet de l'étranger ? Choisiriez-vous les Anglais qui s'installent à Chamonix ou les Arabes qui tiennent les épiceries ouvertes la nuit ? Si vous souhaitez renvoyer vos étrangers, accepteriez-vous que la France rapatrie ses deux millions de ressortissants qui vivent à l'étranger ?

La question de l'étranger est paradoxale car pendant que l'un croit l'autre étranger, l'autre croit l'autre étranger.

Mais nous vous comprenons. Nous vous avons compris depuis le début. Depuis l'ascension de Le Pen et ses 14,37 % des voix au premier tour de l'élection présidentielle du 25 avril 1988. Vous vous souvenez de la montée de l'extrême droite en France ? On n'avait même pas peur. Enfin, si, un peu. On était sûrs de devoir repartir un jour. Alors, aujourd'hui ou demain. Qu'est-ce que ça changeait ? C'était vraiment pour nous la preuve que nous n'étions pas aimés, que nous ne l'avions jamais été.

À ce moment-là, nous nous sommes dit : « Vraiment, les Français ne nous aiment pas. » Attendons qu'ils nous chassent. Ça ne saurait tarder. Nous étions convaincus qu'on nous renverrait par cargos entiers. Même qu'on se préparait à repartir. « Hé, et si nous rentrions tous au pays, au bercail ? Et si nous décidions tous de travailler d'arrache-pied pour le relever ? »

Des dizaines d'avions et de paquebots rapatrient chaque jour des milliers d'hommes, de femmes, d'enfants qui tentent de reconquérir le pays dont on les avait chassés malgré eux. C'est la liesse. La Liesse. Ces Algériens qui découvrent l'Algérie comme on découvre une Amérique. Où le meilleur les attend. Ces retrouvailles fabuleuses avec les compatriotes après des décennies d'absence. Tous les espoirs sont permis.

Les Algériens du pays les accueillent comme des sauveurs, pleurant de joie, partageant les souffrances et les deuils de toutes ces terribles années. Ils vont tous se recueillir sur les tombes puis retroussent leurs manches pour construire ensemble une nouvelle Algérie.

Mais repartir où ? En Algérie ? Pourquoi l'Algérie ?

Quelques décennies après, nous sommes en grande majorité toujours là, même si quelques milliers d'entre nous ont accepté l'offre financière généreuse que vous nous avez faite pour nous encourager à retraverser la Méditerranée entre 1977 et 1981.

C'est vrai, nous voudrions que cette Algérie renaisse de ses cendres. Nous regrettons de ne pas avoir été là pour elle. De ne pas l'avoir connue. De ne pas avoir participé à sa construction, à sa reconstruction. Vous savez pourquoi nous n'y étions pas ?

Parce que nous sommes français.

Vous ne voyez pas ces petits bouts de droits, de possibilités dont nous sommes privés. Un petit bout, c'est rien. Tout le monde est privé d'un petit bout. Un pauvre en France, d'une certaine manière, s'il a un toit, une télé, une chaîne hi-fi et s'il mange tous les jours, d'une certaine manière, les riches peuvent avoir la conscience tranquille. Parce que, d'une certaine manière, avoir un toit où vivre et dormir et pouvoir s'amuser un peu et manger, c'est le principal, non, qu'on soit riche ou pauvre ?

Grosso modo, ça va pour nous. Vous ne vous faites pas de soucis. Vous pensez même qu'on n'est pas à plaindre. D'une certaine manière, vous pensez de nous qu'on est des privilégiés par rapport aux Bangladais et vous

vous vous dites que si nous n'étions pas là, en France, dans votre pays riche, nous vivrions dans un pays pauvre et qu'au fond vous nous faites un cadeau, un cadeau inestimable. Vous vous trouvez donc généreux. À vous tirer les larmes des yeux. Alors, avec notre job et notre salaire et notre marmaille, nos jeans Levis et nos chemises Zara, nous devrions fermer notre gueule.

Ah, la générosité, ce grand mot... Les gens consentent à donner mille euros pour aider leur frère ou leur sœur dans la merde, le gros caca du chômage ou de l'endettement mais s'ils doivent donner mille euros à ce même frère ou cette même sœur pour qu'il ou qu'elle monte une entreprise très prometteuse, ils préfèrent leur dire de se tourner vers une banque. Sait-on jamais, ça peut marcher sa boîte, et il pourrait gagner mieux sa vie que nous.

La générosité a des limites. On a peur du potentiel de l'autre, de ce dont il est capable. Il est difficile de concevoir l'épanouissement de ses amis et leur succès sans faire naître en soi des angoisses épouvantables. Imaginez votre meilleure amie, vous appelant moins souvent, passant ses soirées dans des parties huppées en compagnie de gens importants, invitée dans des universités prestigieuses, ayant une parfaite hygiène de vie, se levant le matin très tôt, se couchant tôt, faisant son heure et demie de sport quotidienne, abandonnant le café au profit du thé vert, choisissant une alimentation à base de légumes et de fruits biologiques, désormais toujours habillée avec style, affichant un sourire heureux et s'installant sur un étage entier d'un immeuble de l'avenue Hoche avec son petit ami et son personnel de maison. Dans l'absolu, tout le monde jurerait ne souhaiter que le meilleur pour ses amis, le bonheur (*cf.* le texte sur les cartes d'anniversaire et les vœux de fin d'année). Mais quand c'est là, quand le potentiel s'exprime pleinement, quand la larve sort de son cocon et devient papillon, alors là, c'est plus pareil. Vous êtes vert. Vous, vous êtes resté où vous étiez, dans votre trois-pièces de banlieue avec vos gamins et votre mari ou votre femme, enlisé dans vos habitudes mortifères, et l'autre, votre ex-amie, tout à coup, vous voulez la détester, lui trouver des trucs, des raisons de la dénigrer. Car ça fait mal d'être là où on est quand on n'est pas content de soi, quand on a des tonnes de reproches à se faire. Sur la stérilité de sa vie. Dans votre for intérieur, la réussite de l'autre vous terrifie car elle vous renvoie à toutes vos faillites.

Avec les Arabes, vous faites pareil, vous voulez bien nous assurer le minimum vital mais s'il s'agit de nous faire évoluer, de nous donner accès à des postes clés, c'est autre chose. La donne est différente. Nous devenons dans votre esprit une armada de virus prête à détruire vos globules blancs. Vous vous sentez menacés. Nous devenons les étrangers et non plus les petits pauvres ou les petits malheureux à aider. Sur le papier, tout le monde ou presque est d'accord, égalité, bla-blabla, mais par la suite, l'esprit mesquin se déploie dans toute sa majesté.

Votre mesquinerie crée de façon automatique un autre extrême, la pitié et l'attention soutenue des services sociaux. Les services sociaux n'apportent pas d'argent à la société, au contraire ils lui en extorquent pour payer les salaires des éducateurs spécialisés, des moniteurs, des AS (assistantes sociales), etc. Alors évidemment les services sociaux sont un peu aussi des laissés-pour-compte de cette société (rappel : ce qui intéresse les personnes de sexe masculin, à travers l'idéologie omniprésente du patriarcat, c'est le pouvoir et l'argent, par conséquent seuls la guerre, la bourse, la politique, les entreprises et le commerce leur paraissent mériter leur attention. La philosophie, la compassion, la compréhension ne génèrent ni pouvoir ni argent). Les services sociaux qui viennent en aide aux pauvres et aux immigrés ne peuvent compter que sur leurs bons sentiments (« refaire le monde avec de bons sentiments » ☺).

Même eux sont pauvres, pauvres en moyens, pauvres en force morale. Eux aussi ont une identité tronquée. Les services sociaux sont des entités mécaniques, robotisées par des procédures, des démarches administratives, des lourdeurs, des peurs. Ils sont là pour nous rappeler que nous sommes faibles et la plupart du temps pour nous dire qu'ils ne peuvent « malheureusement, on est désolé mais vraiment » rien pour nous. Ni appartement disponible, ni caution possible, ni prêt financier... L'asile guette les pauvres à qui il reste un peu d'estime de soi. Notre monde est déjà déshumanisé et menaçant; lorsqu'une machine nommée « services sociaux » pénètre votre univers, vous ne valez plus grand-chose car la règle est qu'on doit tout savoir de vous. Vous devez tout révéler de votre histoire, de votre intimité, de votre difficulté à payer votre facture d'électricité à l'abandon du domicile conjugal par votre époux ; tout cela figure à l'intérieur de carnets et de dossiers, transmis d'une personne à une autre. On parle de vous en débriefing, en réunion, en groupe Balint, famille Untel, M. Untel, Mlle Untel... le système est pervers et il ne le sait pas. Il ne sait pas qu'il dépossède, qu'il dilue, qu'il noie.

Les travailleurs sociaux pensent en toute sincérité accomplir de bonnes actions, aider des gens dans le besoin alors qu'ils sont la bonne conscience d'un gouvernement et d'une société. La bonne conscience, c'est de la suffisance, et la suffisance, c'est insuffisant.

Le problème, c'est que vous n'en finissez plus de vous enfoncer. Comme si votre image, tellement dégradée, vous empêchait de garder la tête haute. Exemple : ce truc énorme de la laïcité. Pour tuer les gens. Les uniformiser. Les mettre aux pas.

La différence est une chose merveilleuse. Qu'est-ce qu'on aurait à se dire si nous étions tous identiques ou neutres ?

Tant qu'on y est, et au nom d'un principe étendu de laïcité, interdisons les convictions politiques, les préférences sexuelles, les engagements associatifs. Que reste-t-il ? Les fringues, le maquillage, les skets, le sport, les potins. C'est drôle mais personne ne s'est rendu compte que la foi religieuse était la dernière différence valable, engageante, dans une jeunesse qui a déjà déserté la vraie vie, l'esprit, la patience, la conscience. En supprimant voile, kippa, croix..., on ôte à chacun la possibilité de penser. La différence de l'autre est là pour nous interpeller, nous faire réfléchir. Elle est philosophique. Elle entretient le doute.

L'uniformisation est pour demain. La soupape n'est pas loin de sauter.

Et puis écoutez-vous aussi manipuler ce mot « intégration ». Ce mot débile. Comment peut-on être si maladroit ? Voyez-vous tout ce qu'il révèle de votre mauvaise foi. D'un côté, vous nous demandez de cesser de nous poser en victimes (un violeur a intérêt à faire passer sa victime pour une menteuse), et d'un autre vous cherchez des solutions pour empêcher la discrimination et pour nous calmer. Parce que l'intégration, on le voit bien, c'est une stratégie sécuritaire camouflée. Qui emploie le plus le mot « intégration », à qui le devons-nous ? Au ministre de l'Intérieur Charles Pasqua, repris par Chevènement, puis Balladur, puis Sarkozy. Entre nous, nous demander de nous intégrer quand on est là depuis deux voire quatre générations, c'est se foutre de la gueule du monde. Vous croyez qu'en nous « intégrant », vous allez apaiser les banlieues, réduire la criminalité. Car il s'agit bien de réduire on ne sait quelle statistique, même d'un demi-point, ce sera toujours ça de pris. Comment intégrer ? Allez, au hasard, en augmentant les quotas des recrues dans la police et la sécurité nationale. Oui, oui, lisez les affiches placardées en banlieue. Vous pouvez entrer dans la police. Sous couvert de donner du travail à des Rebeus et des Blacks de téci ou de ZEP et de lutter contre la discrimination, ils font d'une pierre deux coups : ils réduisent le nombre de chômeurs chez les jeunes issus de l'immigration (le plus fort taux de chômage en France : 40 %) et à moyen terme ils sécurisent les banlieues. Le calcul est simple : changer l'image d'une police blanche et raciste pour faciliter les rapports avec les indigènes des cités. Et sur ce sujet sensible des étrangers, ça soigne l'image d'amadouer les Arabes. Entre nous, les Français aiment ce mot, « intégration », car il leur donne l'impression qu'ils peuvent nous domestiquer. Mais savez-vous que nous ne sommes pas des animaux sauvages ?

Vous avez inversé les rôles. Ce n'est pas à nous de faire le travail. Ça fait longtemps qu'on se casse le cul à casser vos vieilles routes au marteau-piqueur, à assembler les rails de vos trains au chalumeau ou à enduire de ciment les nouveaux carreaux de votre salle de bains. Nous n'allons pas nous intégrer car ce mot est répugnant. Ça sonne franchement camp de redressement. Des gens possèdent des attributs qui ne nous plaisent pas complètement alors on les change.

Faites ce petit exercice tout simple : regardez-vous dans la glace et demandez-vous en quoi vous êtes «mieux». «Mieux» qu'un autre, que n'importe quel autre. En quoi êtes-vous «mieux» qu'un autre? Et en quoi seriez-vous «moins bien» qu'un autre, que n'importe quel autre? Interrogez-vous là-dessus. Questionnez le problème de la supériorité et de l'infériorité. Le plus et le moins. Untel est plus, untel est moins. En quoi, par exemple, les Français seraient-ils inférieurs aux Chinois, aux Américains, aux Argentins, aux Japonais, aux Marocains ?

Nous n'attendons pas avec une impatience feinte que vous nous acceptiez. Votre «intégration» est bien hilarante. Ce mot est moche. Nous n'en voulons pas. On ne doit pas s'intégrer. On ne s'intégrera pas. On attendra que vous réagissiez, que vous nous voyiez comme n'importe quelle autre personne, comme n'importe quel étranger, n'importe quel Français.

Nous ne sommes pas des réfugiés politiques. Si nous l'avions été, nous aurions bénéficié, peut-être, de votre compassion. « Les pauvres, diriez-vous, ils sont bafoués dans leur pays. » Nous ne sommes pas non plus des cerveaux étrangers venus vous faire profiter de nos compétences, de notre savoir-faire. Nous ne sommes pas ces émigrés classe à qui vous ouvrez les bras : les Anglais ou les Américains passionnés par le français, cette langue extraordinaire, qu'ils adooorrent.

Nous sommes, comment dire, plus « roots ». Nous sommes à mi-chemin entre le prêtre défroqué et l'idiot du village. Vous n'avez pas une bonne image de nous.

Pourquoi votre respect pour les différents types d'immigrés est-il donc lié au degré de richesse et au pouvoir d'achat des habitants du pays d'origine ? Exemple : un Américain ou un Anglais par opposition à un Algérien ou un Iranien. Notre destin en France serait donc conditionné par le PIB de l'Algérie et, de façon générale, lié à l'impuissance du monde arabe actuel. Ainsi, dès que les Algériens d'Algérie jouiront d'un niveau de vie égal ou supérieur au vôtre, la donne ne sera plus la même. Vous ne nous verrez plus de la même façon. Nous cesserons d'apparaître comme des pique-assiettes à vos yeux. Ce qui veut dire que l'Algérie a intérêt de se dépêcher d'aller mieux. Soit dit en passant, l'Algérie est riche. Ses richesses, bien qu'épuisables, sont colossales, notamment en hydrocarbures. L'Algérie a les moyens d'élever le niveau de vie de ses habitants de manière substantielle. Mais quoi de plus terrible que d'avoir tout en main et de ne rien en faire. Il existe une spécificité algérienne par rapport au reste du monde arabe dont la cote de popularité est descendue en flèche ces quelques derniers siècles. La paralysie de l'Algérie d'aujourd'hui est directement liée à la cruauté de l'Histoire et à la dépossession matérielle et culturelle qu'elle a subie par les différents pays envahisseurs.

Vous avez fini par vous habituer à notre détresse et c'est ça le plus triste. Vous ne la voyez plus. Vous ne voyez plus que nous sommes des pauvres fabriqués.
Et puis vous mélangez tout. Les Arabes qui meurent ou les Africains qui meurent ont beaucoup moins d'importance que les Occidentaux. C'est sûr. La mort d'un bébé musulman ou d'un bébé noir est moins grave que celle d'un bébé chrétien et blanc. C'est souvent

que les bébés crèvent dans leurs pays. Un de plus un de moins, qu'est-ce que ça change ? Et puis, pensez-vous, leurs gouvernements sont responsables. Ils s'en foutent plein les poches et ils abandonnent leurs peuples à leur triste sort. Il faudrait en plus se sentir coupable ? Non, pensez-vous.

Il y a une hiérarchie. Un plus haut et un plus bas.

Nous sommes encore dans une logique économique, comme au temps des colonies. Il y a bien deux poids, deux mesures. Nous sommes des mal-aimés car nous sommes avant tout infortunés. Nous ne possédons pas de biens au sens où vous l'entendez. Nous sommes des pauvres et les gens de nos pays d'origine sont des pauvres. Cela vous donne une bonne raison de nous mépriser. Si nous étions riches, les choses seraient différentes. Vous seriez comme Deneuve et Depardieu au bras d'Algériens dispendieux avec qui vous ririez à l'ombre des vignes. Ce qui est triste, c'est votre échelle de valeurs. Aimer les riches plus que les pauvres, l'homme en costard plus que l'homme en pull camionneur, préférer les visages symétriques aux visages imparfaits. Cette hiérarchie est une échelle de non-valeurs.

Vous nous méconnaissez profondément : nos pays d'origine ne sont pas pauvres. Nous ne parlons pas du compte en banque de nos ministres, de l'argent en caisse et de l'argent volé. Nous parlons de la richesse, des initiatives des Africains, des Algériens, des Marocains, des Tunisiens, de leur créativité que personne en Occident ne voit et sur lesquelles vos médias font l'impasse. Vous préférez parler de ces pays sous l'angle touristique pour vous faire rêver. Et, une fois encore, il est question de qui dans ces vacances ? De vous !

Nos vacances à nous ? De toute notre enfance, nous n'avons jamais quitté notre quartier de Mulhouse ou de Strasbourg ; les plus chanceux allaient en colonie avec dortoirs en préfabriqué au bord de la mer. Les autres restaient dans la rue. Les rares voisins français que nous avions déposaient les valises dans le coffre de leur voiture et s'en allaient. « On part en Dordogne dans une maison qu'on loue. » Dordogne quoi ? C'est où ça ? « On va à Cannes. » Trop classe leurs vacances. « Au revoir Nathalie », « Au revoir Romain » qu'on disait avec nos voix douces de gosses de sept ans. Avec nos parents, c'était direction l'Algérie, sauf pendant les années de terreur.

Nous circulons en taxi dans les rues noires d'Alger pour rejoindre un lointain village dans la nuit. Un arrêt dans un boui-boui pour acheter des boissons. Elles ont un goût de malabar. Des vacances obligatoires d'un mois entier qui se passent chaque année terrés dans un petit village de montagne. Un village moyenâgeux, où l'eau ne coule qu'à certaines heures, sans route, plein de caillasses et de poussière sur les chemins. Nous logeons dans la maison de nos grands-parents paternels. Surplombant un petit jardin de figuiers et d'oliviers, la maison à plusieurs étages a été bâtie avec l'argent gagné en France. Épargné sou après sou. La façade est encore grise de ciment. Nous n'avons pas le droit d'ouvrir le frigidaire à cause de la chaleur extérieure. Un moteur alimente plusieurs maisons en électricité. Nos sœurs bronzent en compagnie de nos tantes sur le toit-terrasse d'où émergent des tiges métalliques. Des figues sèchent au soleil sur des toiles plastique. Nous tournons. Nous jouons avec les enfants du village. On ne se comprend pas mais on joue, on rit. On mange de la galette le soir avec des piments. De la salade de tomates avec beaucoup d'oignons. Nos mères sont heureuses, là, au pays de leurs ancêtres. Nous croyons qu'ils sont tous heureux. Font-il semblant ?

Nos parents se délectent de figues, de figues de barbarie, de pastèques rouges à l'intérieur et de pastèques jaunes à l'extérieur. Ils adorent. Ils vénèrent ces fruits comme des divinités. La figue de barbarie n'est pas un fruit facile. Elle provient d'une variété de cactus dont nos parents ne connaissent pas le nom. Mais qu'importe ! L'enveloppe verte et piquante doit être découpée au couteau avec soin, pour ne pas entamer la chair du fruit, ferme mais fragile, et surtout ne pas se piquer. Le fruit orangé, dépouillé de sa gangue protectrice, s'absorbe tout entier. À peine mâché, il doit être avalé, à la façon d'une huître. La langue sent plus qu'elle ne goûte. La texture molle parsemée de petits grains innombrables et impossibles à croquer déçoit les enfants. Le goût nous rebute.

C'est un fruit d'adulte, le fruit de nos parents, qu'on finit par aimer à force d'en goûter comme on finit par aimer le vin ou la bière.

En 1938, vous (les Français) avez décidé d'imposer officiellement le français comme «langue nationale» en Algérie et de déclarer l'arabe classique «langue étrangère». Processus de déculturation oblige. Plusieurs langues et dialectes cohabitaient en Algérie : l'arabe algérien, le kabyle, le chaoui, le mozabite, le touareg et le turc. Vous vous êtes intéressés à nos langues pour mieux entretenir la division entre les Algériens (les Algériens ne se ressemblent pas au nord et au sud, à l'est et à l'ouest) et conserver votre mainmise.

En conquérant son indépendance, l'Algérie n'a pu que de rejeter avec vigueur son bourreau et ses principes. L'Algérie a alors entamé sa politique d'arabisation (une pure réaction à votre rejet de colons) au détriment des autres langues et identités du pays. En procédant ainsi, les hommes politiques algériens ont enclenché un compte à rebours mortel. Au nom d'un principe dit d'unité (bien sûr que l'Algérie rêvait d'unité mais elle se trompait, elle était en quête d'unicité, une unité intérieure, un sentiment de cohésion), l'Algérie revêtait un autre uniforme, celui de l'arabe pour tous, une langue que la France avait rejetée.

Le processus de déculturation s'est poursuivi, perpétré par les Algériens eux-mêmes, inconscients de se faire hara-kiri.

Ensuite, vous avez boycotté notre pétrole dans les années 1970 suite à la nationalisation des hydrocarbures mise en place par le gouvernement. Privés des ressources que leur aurait procurées la vente de leur or noir, que croyez-vous qu'aient fait les Algériens ? Ils se sont mis à détester la France et le français, ce qui a eu pour effet d'accélérer l'arabisation. C'est la télé dans les foyers algériens qui a sauvé la langue française en Algérie.

Les Français n'avaient eu de cesse durant la période coloniale de dénigrer les langues algériennes, de les considérer comme des langues vulgaires. Les hommes politiques algériens, devant reconstruire un pays nouvellement indépendant, ont fait les plus mauvais choix. L'Algérie est une maison de paille dévastée par les vents, détruite, puis reconstruite, puis détruite, puis reconstruite. Quand on est épuisé, on baisse les armes et la mort fait son nid.

L'Algérie a tenté de se débarrasser des éléments toxiques en elle, de ce qui ne lui appartenait pas. Quoi de plus normal. Mais à force de s'attaquer au mal, elle n'a pas entretenu le meilleur. Lorsqu'on a un cancer, on tente de détruire les cellules devenues folles, de façon à éradiquer le mal. L'opération est délicate. Il faut veiller à ce que le rayon soit concentré, bien dirigé. Or il arrive que le remède non seulement détruise les cellules saines quand il est invasif mais aussi qu'il renforce la maladie. Confiez la direction du rayon à une personne qui a la tremblote, et voyez ce qui se passe. L'Algérie a subi un traitement de radiothérapie sur l'ensemble de son corps.

La purification linguistique est une aberration. C'est un mépris pour le peuple et ses particularismes. C'est l'exercice d'une autorité aveugle et autoritaire.

Vous voudriez croire que tout ça était sans conséquence. Larguer une bombe sur Hiroshima, fut-ce sans conséquence ? Ce serait cool si les actions négatives n'avaient pas de conséquences négatives. Mais le réel, ce n'est pas ça. Non. Vous colonisez. Donc vous détruisez. C'est si récent. 1962. Il y a quarante-quatre ans. Quatre décennies. Ce n'est rien. À l'échelle de l'histoire d'un pays. Vous voulez faire comme si de rien n'était.

Un : vous nous colonisez, vous détruisez notre culture méthodiquement, vous nous violez.

Deux : vous profitez de notre pauvreté pour vous reconstruire.

Trois : vous nous rejetez après nous avoir utilisés. Vous souvenez-vous des années 1970 et 1980, des expulsions, de la Marche des Beurs, le bureau de mobilité (les primes pour nous faire partir), les cités de transit, les bidonvilles ?

Colonisation (viol), immigration (déportation) puis désintégration (désintégration).

Dans notre conscience, un truc saigne. Votre méfiance infantile nous effraie. Votre rejet. Votre façon de nous laisser croupir dans des cités mal famées. Votre incapacité à nous aimer. Votre résistance à nous accepter pour de bon. Votre détermination à ce que nous ne franchissions pas une certaine limite de savoir, de succès, une certaine limite de revenus, une certaine limite de pouvoir. Votre perception de notre violence.

Nous et vous, c'est l'histoire d'une relation, hautement diplomatique, donc pleine de faux-semblants, de trocs minables. On oublie ça à condition que vous oubliez ça, si vous oubliez ça, on oublie ça... et à force d'oublier, on se flingue la mémoire, il n'y a plus rien. Les couples de raison sont des coquilles vides.

Avez-vous gardé le souvenir des sévices que vous nous avez infligés ? Imaginez-vous que nous éprouvions de la rancune ? Vous n'avez pas tort, mais il s'agit plutôt de rancœur face à l'injustice. Il y a ce passif entre vous et nous. Un passif lourd et gênant. Vous êtes dans l'embarras. Parfois il nous vient à l'idée que vous conservez exactement la même image que celle que vous aviez à l'égard de nos compatriotes. On est en 1897. Nous imaginons facilement un indigène, une soubrette à vous, en djellaba, un homme gentil à côté de qui vous vous tiendriez en l'ignorant royalement et en pensant (inconsciemment) qu'il faut vous en méfier, qu'il sent mauvais. Les préjugés ont la dent dure.

Nous, les Arabes, nous sommes tous nivelés. Nous sommes tous au même niveau d'infortune. Nous ne savons pas comment nous définir. Nos existences sont médiocres. Nous sommes pauvres et ignorants. Nous ressemblons à vos pauvres. Nous les avons copiés car vous nous avez relégués dans leurs quartiers. Nous ressemblons aussi à vos riches mais pauvres à l'intérieur d'eux-mêmes parce que eux aussi ont eu une histoire qui les a dépouillés.

L'Histoire a écartelé nos parents. Elle a mâché nos grands-parents. Elle a tué nos arrière-grands-parents. Et nous, elle nous écrase, elle nous aplatit, elle nous prive de toute substance vitale, pour réduire la moindre de nos ambitions à des velléités inconséquentes. L'Histoire pour nous, c'est la France. Le but est clair : s'assurer que le métèque conserve son statut de subalterne, de pauvre, d'objet utilitaire, de travailleur incommodant mais docile.

Vous connaissez des Arabes qui ont réussi ? Vous aimeriez que des Arabes réussissent ?

Bon, il y a bien quelques enseignants, quelques travailleurs sociaux, quelques infirmiers, quelques journalistes, quelques médecins et chirurgiens, quelques sportifs, quelques avocats, quelques fonctionnaires, quelques conseillers de parti, un préfet et un ministre de pacotille. Un préfet qui a failli se faire tuer. Et de bonnes pelletées d'ouvriers, de vendeurs, d'éboueurs, de soudeurs, de maçons, d'employés sous-payés, d'agents techniques, de techniciens de surface, de chômeurs, de prisonniers.

Vous savez pourquoi on trouve plus d'immigrés qui ont réussi dans le show-business ? Parce que c'est le domaine des artistes. De tout temps, les artistes ont été des marginaux.

Entre marginaux, on se fait une petite place. Et puis, c'est une façon comme une autre de se donner bonne conscience. Alors on voit émerger quelques chanteurs et chanteuses, quelques humoristes, quelques acteurs. Sauf quand ils doivent être sauvés par le public dans les émissions de télé-réalité. Parce que s'ils sont arabes ou blacks, c'est curieux, ils ne gagnent jamais, ils arrivent en finale, certes (si en plus d'écraser l'Arabe, on écrasait le talent, imaginez!), mais basta. Le public ne peut pas laisser un Arabe gagner, ce serait s'avouer vaincu. Comme s'il y avait une guerre, comme si on était encore dans le maquis.

Vous, les mémés dans le métro, mettrez-vous encore longtemps votre main devant votre sac dès qu'un Arabe s'assied à vos côtés, à le coincer sous votre aisselle après vous être assurées que la fermeture éclair est bien fermée ?

Vous, les vendeurs dans les boutiques, les agents de sécurité, de supermarchés, suivrez-vous toujours d'un œil suspicieux les déplacements d'un Arabe qui vient de pénétrer dans votre périmètre de surveillance ?

Vous, dans les soirées, continuerez-vous de vous méfier d'un Arabe qui se dirige vers le vestiaire ou la pièce qui sert de vestiaire, en pensant que vous n'êtes pas à l'abri d'un vol de votre CB ou de votre thune ? Continuerez-vous de penser que les Arabes sont vifs quand il s'agit de subtiliser les effets personnels ?

Vous, les chefs d'entreprise, refuserez-vous encore longtemps d'engager des candidats d'origine étrangère parce que vous pensez qu'ils parlent mal, qu'ils sont paresseux et, pour tout dire, peu fiables ? Et puis, vous appuyant sur une moyenne nationale de vingt pour cent de votants pour le Front national, sans compter les racistes intermittents, imaginerez-vous toujours que vous risquez de rater des clients, puisque, en toute logique, vingt pour cent de clients sont des racistes avérés et que vingt pour cent de clients en moins, c'est autant de dividendes en moins pour les actionnaires ?

Vous, les restaurateurs et les serveurs, surveillerez-vous toujours les Arabes pour qu'ils ne négligent pas de régler leur note ou qu'ils ne fassent pas d'erreurs quand ils paient ?

Vous, les agents immobiliers et les propriétaires, écarterez-vous toujours soigneusement et discrètement les dossiers des Arabes parce que vous pensez que, tôt ou tard, ils seront au chômage, qu'ils vous foutront l'appartement en l'air, feront chier les voisins avec leur bouffe et leur bordel, s'entasseront avec toute leur marmaille ? Allez-vous continuer de louer vos appartements de préférence à des Français de souche ou au pire des Européens, plus convenables, et de préciser à l'Arabe, quand il rappellera (car vous allez oublier de rappeler), qu'un autre dossier a été choisi ?

Vous, les videurs de boîtes, garderez-vous toujours en tête le quota d'Arabes et de Blacks autorisé par le patron ?

Vous, les flics, ferez-vous encore longtemps votre tri au faciès, arrêtant principalement les Arabes et les Blacks pour les fouiller et vérifier leurs papiers d'identité en les présumant coupables de Dieu sait quel méfait ? (Vous ne pouvez pas ignorer que même au cours d'un procès, y compris dans les cas d'homicides et de génocides, tout inculpé est présumé innocent, et qu'il s'agit là d'un des grands principes de la Déclaration universelle des droits de l'homme.)

Vous, les parents de cette fille qui vient de rencontrer un Arabe, allez-vous continuer de considérer ce garçon comme un sale type, persuadés que s'il est avec elle, c'est juste par intérêt, qu'il va lui faire un gosse, la plumer et se casser ?

Quand cesserez-vous de nous regarder comme des immigrés, des étrangers, des voleurs, des terroristes ? Imaginez un monde où l'on parle de vous en termes de quotas, d'intégration, d'immigration, de marginalité, de criminalité, de délits, d'insécurité... Imaginez ce monde, vous, les partisans des droits de l'homme.

Être immigré, c'est comme être en voiture devant un feu qui passe au vert, qui revient au rouge, qui repasse au vert, qui revient au rouge, qui repasse au vert, qui revient au rouge, qui repasse au vert, qui revient au rouge... Non seulement vous enragez, vous ne comprenez pas, mais vous n'avancez pas.

Les étrangers ne sont pas faibles. Ni psychiquement, ni physiquement. Ils ne se victimisent pas. C'est l'histoire qui les affaiblit. Comme les FEMMES. Elles ne sont pas faibles, leur position est affaiblie.

L'immigration doit cesser d'être une question politique. Les immigrés ne sont pas des objets économiques et juridiques. Ce sont des êtres humains. Vous vous moquez de nos plaintes. Savez-vous que les hommes qui frappent leurs femmes prétendent qu'elles font semblant lorsqu'ils les voient pleurer et crier ? Pouvez-vous comprendre la logique qu'il y a à insulter le pédophile qui vous a violé, même si l'injure n'est exprimée que quarante ans après ?

L'immigré se débat dans des problèmes qui vous dépassent : il doit gérer l'insécurité et la non-appartenance, le blâme et la culpabilité, le manque d'argent et d'instruction, la peur et l'intimidation, le chagrin et la colère, l'absence de choix et la soumission.

Nous ne faisons pas semblant. Quand on est pauvre, on ne fait pas de misérabilisme. On est dans la misère. Quand on a mal à l'intérieur, on n'est pas dans le dolorisme. On est dans la douleur. L'être humain a droit à mieux que survivre. Il a droit à plus que le minimum vital. L'être humain a également droit à mieux que la médiocrité.

Beaucoup de gens ont des existences médiocres. Beaucoup de Français. Beaucoup de Français sont pauvres et ignorants. Comme nous. Nous sommes dans le même panier. Nos chances de parvenir à quelque chose sont aussi minces que celles de vos pauvres à vous. Pauvreté et ignorance font bon ménage. Elles se nourrissent l'une l'autre.

Comment être ignorant dans un pays qui offre un accès gratuit aux bibliothèques pour les chômeurs ? Comment être ignorant dans un pays dont la culture a rayonné tant de siècles sur le reste du monde ? Comment être ignorant dans un pays à la réputation de terre d'accueil, ouvert sur les autres, ouvert aux autres ?

Il est plus facile d'être ignorant que pauvre. L'ignorance c'est l'esprit, on peut s'en passer. La pauvreté c'est la matière, le corps, la survie. En dessous de la pauvreté, il y a la mort. Quand on est trop pauvre, on meurt de ne pas avoir pu manger. Donc sous la pauvreté, on se désagrège. On ne peut donc pas se permettre d'être pauvre. Quand on est pauvre et ignorant, on choisit d'abord de résoudre le premier problème : la pauvreté. C'est la base. Si la pauvreté dure toute la vie, on reste ignorant toute sa vie.

L'ignorance, ce n'est pas ne pas avoir un cerveau. L'ignorance ce n'est pas non plus une question de culture générale. La véritable ignorance, c'est ne pas vouloir savoir. C'est quand personne ne vous a mis au monde. Quand personne ne vous a porté une attention suffisante. C'est quand une maman cheval ne donne pas des coups de museau doux et fermes sur l'arrière-train du petit cheval qui vient de naître. Pour qu'il se lève.

Nos parents ne sont pas des ploucs. On ne leur a pas appris à désirer. À savoir. À connaître.

Vous n'avez pas donné de coups de museau à nos grands-parents et à nos parents. Notre venue dans votre pays constituait une naissance, une véritable naissance, instinct d'expulsion, rupture des eaux, l'antre de la Méditerranée, arrivée dans un nouveau monde. Une naissance au forceps. Mais personne n'a coupé le cordon. Le cordon s'est enroulé autour du cou de nos parents. Nos parents sont cyanosés. Tout le monde s'en fout.

Il y a Vous, les Français, et Eux, nos parents. Et Nous, leurs enfants. Nous avons vingt ans, trente ans, quarante ans, cinquante ans. La tristesse de nos parents nous a intoxiqués. Leur refoulement de l'Algérie, leur renoncement, a réduit notre identité comme une peau de chagrin. Leur désir en forme d'enclume nous maintient à quai.

Notre identité est flinguée. Vous ne pouvez pas imaginer à quel point. Nous n'avons pas la force, la cohésion des Juifs pour dépasser l'Histoire, la souffrance, les malheurs. L'identité est fragile. Elle ressemble à un puzzle. Si vous avez toutes les pièces, avec un peu d'attention, vous parvenez à reconstituer l'image qui vous définit. Si vous avez le même nombre de pièces mais provenant de puzzles différents, vous aurez beau essayer de les assembler, vous n'arriverez à rien, votre image ne ressemblera à rien.

Notre Histoire à nous est constituée de trop de puzzles. Toute notre énergie est investie à bouger et bouger encore les pièces en espérant qu'une image apparaisse. Notre énergie est concentrée sur l'espoir. Quand il n'y a plus d'espoir, elle se tourne tout entière vers le désespoir. Pendant ce temps, rien ne se passe et la vie s'écoule.

La grande Histoire nous a fait échouer là, en France. Nous sommes amputés d'une Histoire héroïque, courageuse. On est algérien ou français, au choix, on bénéficie du statut de double nationalité. On est donc d'origine étrangère. Et même étrangers à nous-mêmes, dès l'origine. Aliénés. L'aliénation suppose qu'il existe une nature (soi-même) et une seconde nature (un autre en nous). Quand la seconde prend le pas sur la première, la première juge la seconde anormale. Le conflit génère la folie, la marginalité, le vide, la violence, la maladie.

Que sommes-nous ? Qui sommes-nous ? Et vous, qui êtes-vous ? Comment vous définissez-vous ? Dans quoi votre histoire s'inscritelle ? La grande Histoire vous a-t-elle disloqués, pétrifiés, solidifiés, fluidifiés, portés ?

Vous êtes-vous posé la question des origines ? La question des ancêtres. De l'arbre. Des raisons qui font que vous êtes là et pas ailleurs. La question de la solidité de votre être, de votre passé. La question du socle sur lequel vous reposez. La question de la communauté. La question de la race. La question de la nationalité. La question de la consanguinité. La question des mélanges de races. La question du rapport dominant-dominé. La question de l'intégration et de la désintégration. La question des faibles et des forts. La question des riches et des pauvres. La question de l'abus. La question de choisir un camp. La question du progrès. La question de l'oubli. La question du rappel. La question de la réparation. La question des secrets. La question d'aimer ses parents. La question de quitter père et mère pour vivre sa vie. La question de la désolidarisation. La question du rapport au monde. La question de la transmission et de la substance en soi. La question de ne rien avoir appris. La question d'avancer. La question de rester sur place. La question du manque. La question de la dépossession.

La question d'exister.

La question de la place.

Nous n'avons pas une vraie place dans ce pays. Nos parents non plus. Vous leur avez réservé des places de fortune : des cagibis, des vestibules, des buanderies, des combles. Vous savez ce qu'il arrive à un nourrisson qui ne reçoit pas de caresses ? Il meurt ou ne grandit pas normalement. Faire la place à l'autre, une vraie place, ça veut dire l'aimer. Ça veut dire le laisser exister. Par ricochet, nous payons vos erreurs, vos maladresses, votre politique.

Sentir qu'on est à sa place, voilà qui change tout. Être à sa place ou ne pas l'être.

Nous ne sommes pas à notre place.

Vous l'êtes.

Nous pourrions l'être, à notre place, mais vous ne le souhaitez pas.

Il faut le répéter, nous répétons, car nous ne sommes pas sûrs que vous entendiez.

Auriez-vous donc oublié votre « Liberté, Égalité, Fraternité » du siècle des Lumières ?

En 1790, Robespierre avait souhaité que cette devise soit imprimée sur les uniformes et les drapeaux. Elle est inscrite sur le fronton des édifices publics français depuis 1880. Alors, comment expliquer les dérapages des XXe et XXIe siècles ? Dommage que l'école ne propose pas aux élèves des séances de méditation philosophique. «Allez, les enfants, fermez les yeux et représentez-vous le mot "Liberté", voyez les lettres se dessiner dans votre esprit, voyez le l majuscule, le petit i, le b, le e, le r, le t, le é. Visualisez le mot "Liberté" dans votre esprit et demandez-vous ce que c'est. Est-ce que "liberté", c'est pareil qu'être libre? "Je suis libre", "Je suis en liberté" : à quoi donc renvoient ces deux phrases? À la même chose? Se libérer de quoi? De quels pièges? De quels enclos? Êtes-vous libres chez vous, dans vos familles? Êtes-vous libres dans votre pays? Libre de quoi? De penser, de dormir, de faire l'amour, de manger? Peut-on dire que les Africains affamés ne sont pas libres? La liberté, est-ce que c'est pouvoir choisir de faire ceci ou cela? La liberté sert-elle à quelque chose? Quel rapport la liberté entretient-elle avec le pouvoir? Se libérer permet-il de rétablir une égalité, une place dont on vous a dépossédé? La pensée peut-elle être vraiment libre? Avoir la permission de vos parents de sortir après dix heures le samedi, est-ce de la liberté? Votre liberté se mesure-t-elle par rapport à celles des autres? À leur degré de jouissance? Être libre cela veut-il dire vivre sans limites? Doit-on être lucide pour être vraiment libre ? La vraie liberté rend-elle fou ? Comment s'articulent la liberté individuelle et la liberté collective ? Sont-elles compatibles ?... »

Souhaitez-vous en finir avec la République ?

1789-1981 : Liberté, Égalité, Fraternité
(Parenthèse coloniale française dans le monde : 1803-1962.)

La France refond sa Constitution et révise sa devise républicaine. Au fond, pour être plus en accord avec elle-même, elle supprime le mot « Égalité » et ne conserve que « Liberté » et « Fraternité ».
1981-2005 : Liberté, Fraternité

Mmmmh ? Ça cloche un peu. Gardons plutôt « Liberté », ajoutons « Égalité » et supprimons « Fraternité ». Mmmmh ? Pas sûr.

La France veut supprimer deux termes et n'en garder qu'un. Oui, mais lequel choisir ?
Amstramgrampicetpicetcolégrambourreet bourreetratatamamstramgram : Liberté.
2005 : Liberté

Ça va beaucoup mieux à cette France-là, le mot « Liberté ».
« Égalité » et « Fraternité » étaient vraiment de trop.

Tout le monde est donc libre. Puisqu'il faut bien appeler un chat un chat et qu'il faut bien dire la vérité telle qu'elle est (quel soulagement de savoir que certains savent précisément où se trouve la vérité), dans ce cas n'ayons pas peur des mots et qualifions les gens de ce qu'ils nous semblent être, euh pardon, de ce qu'ils sont : les entrepreneurs sont des truands, les politiciens des pervers, les philosophes des intégristes, les Arabes des bougnoules, les Juifs des youpins, les Français des fromages...
Allez, à bas la langue de bois, chacun dit sa vérité, plus personne n'a peur de la vérité et encore moins de se la jeter dans la gueule. Des gueuloirs, des crachoirs, des insultoires s'ouvrent un peu partout en métropole.
Le franc-parler sied si bien à la France.

Fin 2005 : une commune interdit une rave party. Affrontements entre les forces de l'ordre et les jeunes franco-français. Les jeunes pètent un plomb. Ils ont la haine, ils ont la haine qu'on ne leur fasse pas une petite place, qu'on ne leur ménage pas un petit terrain.

Projet de loi : le gouvernement français doit décider de la suppression du dernier mot de sa devise républicaine « Liberté ».

Résultat : La France supprime le dernier mot de sa devise républicaine.

2006 : fin de la République

2007-2012 : monarchie ?

La France a perdu son aura et sa beauté, comme une belle jeune femme de vingt ans parvient un jour à l'âge de quatre-vingts ans, la peau flétrie, le cœur meurtri. La vieille France est arrivée à la fin de sa vie. Elle s'est bien amusée. Elle a profité de son jeune âge. Elle a flambé. Elle s'est envoyée en l'air. Elle a bien gaspillé l'argent de papa. Elle a vécu dans le présent et oublié le futur. Elle a pensé à elle, comme quand on a vingt ans. Elle s'est mariée. Elle a donné de grandes réceptions dans ses hôtels particuliers. Elle a donné d'elle une image de femme belle et généreuse. Comme toute bonne bourgeoise qui se respecte, elle a organisé des bals de charité. Elle a caché les méfaits de son époux car, après tout, c'est grâce à lui qu'elle a atteint ce rang.

Elle a fini par croire que les entorses à l'éthique et à la morale s'annulaient d'elles-mêmes quand on faisait preuve de suffisamment de générosité. Elle avait à son service toute une armada d'employés, de cuisiniers, de jardiniers, de femmes de ménage, d'agents de sécurité. Elle trouvait naturel que des gens s'occupent d'elle dans tous les aspects de sa vie. Elle trouvait normal qu'ils vivent moins bien qu'elle. Elle faisait partie de l'élite. Après, elle n'a pas accepté de vieillir, nostalgique de ses folies, quand tout lui réussissait, quand elle brillait de mille feux aux soirées mondaines, quand ses copines la jalousait. C'est le temps du bilan. Le temps où l'on regarde en arrière, où l'on voit ce qu'on a accompli. La France a des regrets. Elle s'est compromise. Elle cherche à garder la tête haute malgré la culpabilité. Elle ne veut rien faire paraître et vit ses dernières années l'air de rien. Elle ravale son amertume. Il lui reste un peu de fierté. Elle occulte vaille que vaille tous les points noirs du passé. Elle se sert de son intelligence pour camoufler et retarder le moment du déballage. Elle parvient même à se duper elle-même.

La France est encore dans une phase de résistance émotionnelle qui l'empêche de reconnaître ses manquements. La plupart des Français veulent bien admettre intellectuellement la difficulté de la France à se pluraliser mais pas avec leurs tripes. La France ne l'avoue que du bout des lèvres. Deux langages, deux discours s'affrontent. Le langage de la raison et le langage de l'instinct. Le langage de la raison souffle aux Français d'être humanistes. Mais l'humanisme de la France s'est construit sur un sentiment de puissance. Il est facile d'être grand seigneur lorsque l'on est seigneur. La France a été bonne et a défendu des valeurs sublimes, par souci d'image, par amour d'elle-même. Il est simple d'être mécène lorsque vous possédez tout l'or du monde. Il est facile d'aimer quand on vous admire. Maintenant qu'elle n'est plus le seigneur de ces bois, elle renie ces valeurs à deux balles qui servaient à illuminer sa tête d'une bien sympathique auréole.

Nous vous renvoyons vos faiblesses et tant que vous ne voudrez pas voir la quantité de mépris, de fermeture et d'égoïsme que vous recelez, nous continuerons de vous les rappeler. Nous sommes votre reflet, le constat de votre dégradation et l'antidote à votre mal.

Nous sommes sûrs que vous allez vous voir en nous. Vous allez finir par vous y reconnaître. Car nous ne sommes pas si différents. Il y a les coutumes d'accord mais la religion ? Toutes les religions monothéistes prêchent le même discours idéologique, politique, abusif, mégalomaniaque. Elles sont toutes contre l'avortement, contre l'euthanasie, contre l'homosexualité, contre les autres religions, contre la musique rock (*cf.* le nouveau pape), contre tout ce qui menace leurs propres dogmes. Alors, vous voyez que nous ne sommes pas très éloignés les uns des autres. Nous possédons aussi la même faille, le même vide, et le même désir de trouver une place pour nous occuper, pour oublier la mort.

Vous aussi l'Histoire vous a ballottés. Vous aussi l'Histoire vous a fait mal. Vous aussi l'Histoire vous a fait perdre des enfants, des femmes, des hommes. Avec vous aussi, elle a été cruelle. Ne vous contentez pas d'être sensibles à la douleur des autres. Être sensible à la douleur de l'autre et y répondre, c'est un geste qui doit être gratuit. Allez plus loin que la réponse à la douleur. Allez plus loin. Nous irons plus loin. Soyez un peu moins français et soyez-le plus. Faites l'effort d'accepter tous vos étrangers, tous vos immigrés qui en réalité ne le sont pas plus que ça. On est toujours l'étranger de quelqu'un. Votre politique d'immigration actuelle nous est une injure permanente, elle témoigne de votre lâcheté par rapport au passé. Ne réagissez pas comme si nous n'étions pas censés être là. Nous y sommes. Faites la place aux étrangers et même aux nouveaux, qu'ils soient congolais ou malgaches. Dites-nous bonjour avec une vraie gentillesse dans les boulangeries, aux guichets SNCF et RATP. Apprenez à nous aimer. Vous allez finir par nous aimer. Comme un enfant qu'on n'a pas désiré mais qui est là. Alors au début vous aurez le sentiment de vous forcer. Après moins, puis plus du tout. Ce sera naturel. De la même façon qu'un homme est galant avec une femme à trente ans alors qu'à dix, il est sadique avec les filles.

Acceptez-nous dans votre giron, pas comme un geste de grâce et de compassion, ou pis de pitié, mais comme le déroulement naturel de l'Histoire. Il n'y a plus de guerres, nous ne sommes plus en guerre, il n'y a plus de menaces, alors posez vos armes. Enterrez la hache de guerre. Nous la voyons encore posée sur vos épaules, prête à s'abattre.

Personne d'entre nous ne souhaite humilier la France ou culpabiliser l'Occident. Nous connaissons les pays d'où nous sommes originaires comme notre poche et nous connaissons par cœur la roublardise de leurs dirigeants, ces kleptocrates, leur hypocrisie, leur malhonnêteté et leurs crimes. La France n'a pas à se comparer à ces gouvernements archaïques. Il faut qu'elle cesse de faire l'enfant en se disant : « Ben lui aussi il a fait des bêtises, il est pire que nous. » La France ne doit pas avoir peur de la vertu. Elle peut redevenir la France idéale, celle de l'humanisme, de la beauté et de la prospérité. Elle en a les moyens. Pour cela, il va falloir qu'elle devienne intègre et responsable. L'État français s'est comporté comme un parent pauvre, qui se sert la ceinture et épargne de l'argent dont personne ne voit jamais la couleur. L'enseignement, l'urbanisme, l'économie, la justice, la recherche scientifique et technologique, l'université, les associations, les banlieues sont rachitiques. La France paie globalement une politique de culture de l'échec, de conservatisme, d'économie de moyens et de centralisation. Il va falloir que la France se décide enfin à viser l'excellence.

La France va entrer dans une période lourde et douloureuse mais nécessaire. Elle croyait avoir fait un travail de mémoire. Elle a juste composé une belle rédaction, avec de jolis mots, qui mérite certainement une excellente note mais une rédaction écrite par des fayots que toute la classe, au fond, méprise quand bien même ils redorent le blason de l'école. Le reste de la classe, c'est la France. La France qui n'a pas travaillé. La France qui a du mal avec la multiplicité. La France retranchée, repliée. La France lovée sur elle-même à la recherche de nouvelles forces. La France qui a laissé aux têtes pensantes le soin d'imaginer un avenir pour elle. La France a une équation à résoudre et il semblerait qu'elle cale. Elle n'a pas d'autre issue que de remettre le nez dans ses bouquins et de réviser. C'est à cette condition qu'elle parviendra à sortir de son marasme, à s'aimer et à aimer les autres en retour. Réviser. Et rectifier.

La France ne doit faire repentance de rien du tout. La France a quelques problèmes de langage, elle se trompe de mots, et quand on ne s'entend pas sur les mots, on ne s'entend pas. Quand des associations parlent d'un devoir de mémoire, elles parlent juste de mémoire, de rappel des faits et du besoin d'exprimer une souffrance. Elles ne demandent aucune repentance. La France d'aujourd'hui a bien entendu des responsabilités à assumer, notamment sur un passé récent, mais les Français d'aujourd'hui ne sont en rien responsables de leur passé colonial. La France d'en haut n'a pas d'empathie. Elle ne veut pas voir la détresse de la France d'en bas, la France des pauvres multiples.

C'est vrai, nous avons la haine. Une haine qui est la conséquence d'une violence qui nous a été faite et que vous vous obstinez à ne pas voir ou à minimiser. Mais il ne s'agit pas d'une haine constitutive des Arabes ou des Blacks. La haine n'est pas plus forte chez les musulmans que chez les chrétiens, les juifs ou les taoïstes. Ne faisons pas d'amalgames : « Vous, les Arabes musulmans, vous avez la haine. » Sortons de ce mensonge grotesque auquel certains adhèrent et qui ressemble drôlement aux idéologies fascistes qui prêtent à certaines races, certaines religions ou certains individus un machiavélisme et une dangerosité ; nous rouvririons la porte aux pires cauchemars.

Nous avons été « fabriqués ». Les caïds, les racailles et les petites frappes ne sortent pas d'un chapeau de prestidigitateur. Les gentils Arabes qui vous préparent le couscous ou qui ramassent vos poubelles ou qui ramènent le calme en banlieue ne sortent pas non plus d'un chapeau. Il n'y a pas d'un côté ceux qui veulent pourrir l'existence des autres en s'improvisant délinquants et ceux qui veulent s'en sortir. Politiciens, entrepreneurs... vous voulez tendre une main généreuse à l'Arabe ou au Black sympathique qui sera un exemple pour tout le reste de sa communauté et qui fera effet boule de neige, Inch'Allah, pensez-vous, espérant que les plus récalcitrants seront entraînés dans le sillon d'une jolie neige blanche ? Vous voulez mépriser le délinquant, lui faire honte, vous voulez l'humilier pour qu'il comprenne, pour lui enfoncer dans le crâne que c'est vous qui décidez, que c'est marche ou crève, que c'est à prendre ou à laisser ? Vous ne voulez surtout pas les pardonner, ces petits merdeux, ces petits cons qui font peur à tout le monde, ces petits mal élevés qui veulent faire la loi et qui ne savent même pas s'exprimer ?

Il faut cesser d'excuser ces hommes politiques, ces intellectuels et ces historiens paranoïaques qui s'emportent, qui trahissent leurs véritables pensées par des propos obscènes et inacceptables en nous qualifiant d'ingrats, de brigands, de criminels, de racailles, de racistes anti-Blancs, de semeurs de terreur, de bêtes sauvages à domestiquer, de barbares, de tyrans, d'antisémites, de terroristes en puissance. On dit d'eux qu'ils ont des humeurs, qu'ils manquent de nuances, qu'ils ont peur de ce que devient la France, qu'ils veulent prévenir une catastrophe. Et en attendant, ils distillent sur les plateaux télé et dans la presse internationale leurs idées pernicieuses et leurs accusations faciles qui sauront agir en temps et en heure dans les esprits. Les mots et les idées font parfois sur les esprits autant de dégâts que des milliers de voitures brûlées.

La France ne peut pas grandir avec un gouvernement et une intelligentsia qui ont deux ans d'âge mental. Quand des hommes politiques tirent à boulets rouges sur un président de la République, l'air de rien, on est dans le bac à sable de n'importe quelle crèche de France. Si les exemples publiques que nous avons ne nous laissent d'autres choix qu'une ex-star du petit écran un fichu sur la tête dans une ferme, des partis politiques incapables de s'écouter et qui n'en finissent plus de se trahir et des politiciens ou des philosophes à slogans exhibitionnistes, la France n'avancera jamais.

Oui, les Occidentaux, les Européens n'ont pas le monopole de la barbarie, de la traite des Noirs, de l'esclavage. Oui, les Africains, les musulmans, ces satanés musulmans, OUI, mille fois oui, eux aussi ont des torts !

Oui, l'Europe chrétienne a été génératrice de progrès scientifique, de droits de l'homme, de sécularisation, de tolérance, de démocratie.

Oui, la colonisation est un mode d'invasion et d'exploitation condamnable, contraire aux valeurs républicaines, démocratiques et progressistes, et n'est jamais légitime. Qu'il y ait des bénéfices secondaires pour un peuple à être colonisé, notamment sur un plan matériel et politique, ne rend pas cet acte moins barbare.

Toutes les civilisations y ont eu recours. Toutes ont cherché à asseoir leur domination, à étendre leur pouvoir, à imposer leur culture, leur religion... Les Grecs, les Romains, les Arabes, les Byzantins...

Oui, il est plus facile de comprendre les invasions des Barbares du Nord qui se sont produites il y a plusieurs siècles que les colonisations françaises qui interviennent moins d'un siècle après la Révolution et se perpétuent au-delà de la Seconde Guerre mondiale.

Oui, les colons ont fait construire des routes. Oui, Hitler a fait construire des routes, des autoroutes, des bateaux aussi, des avions, des chemins de fer. Il a réduit le chômage en Allemagne de trois millions cinq cent mille personnes en 1930 à deux cent mille en 1938. Oui, mille fois oui. On est d'accord sur tout ça. *So what* ? Une fois que ces mises au point sont faites, doit-on pour autant souligner et proclamer officiellement le « rôle positif de la présence française outre-mer, notamment en Afrique du Nord » ? L'Allemagne devrait-elle évoquer dans son *Journal officiel* le rôle positif du nazisme pour son peuple et le reste du monde ?

Allez-vous poser un mouchoir blanc sur une mare de sang ou masquer une odeur de putréfaction avec un parfum capiteux ?

Oui, les contemporains ne sont pas responsables. En quoi les enfants devraient-ils payer les fautes de leurs parents ou de leurs grands-parents ou des ancêtres ?

Néanmoins, la France, en tant que personne morale, a un honneur à sauver qui doit passer par une reconnaissance de ses oublis et manquements et rectifier le tir.

Comment ?

En changeant de regard sur nous.

En portant sur nous un regard positif et tendre. Un regard positif et tendre.
C'est tout.
Vous verrez, la France, ce sera le paradis.

*Ce volume a été composé
par Nord Compo
et achevé d'imprimer en mars 2006
par Bussière
à Saint-Amand-Montrond (Cher)
pour le compte des Éditions Stock
31, rue de Fleurus, 75006 Paris*

Imprimé en France
Dépôt légal : avril 2006
N° d'édition : 69777 - N° d'impression : 061032/4
54-51-5926/8
ISBN : 2-234-05926-7